Jonah Black
Liebe auf Umwegen

cbt

DER AUTOR
gibt keine Informationen über sich preis.

Jonah Black

Liebe auf Umwegen

Aus dem Englischen von
Stephanie von Selchow

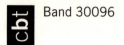

Band 30096

cbt – C. Bertelsmann Taschenbuch
Der Taschenbuchverlag für Jugendliche
Verlagsgruppe Random House
München Berlin Frankfurt Wien Zürich

www.bertelsmann-jugendbuch.de

Umwelthinweis:
Dieses Buch wurde auf chlorfrei gebleichtem Papier gedruckt.

Deutsche Erstausgabe Juni 2003
Gesetzt nach den Regeln der Rechtschreibreform
© 2001 der Originalausgabe 17th Street Productions,
an Alloy Online, Inc. company.
Published by Arrangement with 17th Street
Productions, Inc.
Die Originalausgabe erschien unter dem Titel
»The Black Book [Diary of a Teenage Stud] –
Stop, Don't Stop« bei Avon Books, an imprint
of HarperCollins Publishers, New York
© 2003 der deutschsprachigen Ausgabe bei cbt /
C. Bertelsmann Jugendbuch Verlag, München,
in der Verlagsgruppe Random House GmbH
Alle deutschsprachigen Rechte vorbehalten
Dieses Werk wurde vermittelt durch die Literarische
Agentur Thomas Schlück GmbH, 30827 Garbsen.
Übersetzung: Stephanie von Selchow
Lektorat: Yvonne Hergane
Umschlagbild: Sabine Kranz
Umschlagkonzeption: init.büro für gestaltung,
Bielefeld
go · Herstellung: IH
Satz: Uhl+Massopust, Aalen
Druck: Clausen & Bosse, Leck
ISBN 3-570-**30096**-X
Printed in Germany

10 9 8 7 6 5 4 3 2 1

28. November, 19:30 Uhr

Gerade habe ich mich mit einer Polaroidkamera selbst aufgenommen. Das letzte Foto, bevor ich meine Jungfräulichkeit verliere. Ich saß auf dem Bett, hielt die Kamera auf Armeslänge von mir weg und lächelte. Der Blitz ließ meine Augen ganz rot wirken, sodass ich auf dem *Letzten Bild von Jonah als Jungfrau* aussehe wie ein Werwolf. Heute Abend, wenn ich von Posie zurückkomme, mache ich vielleicht noch ein Foto und vergleiche die beiden dann miteinander.

Ich sitze in meinem Zimmer und höre Moms Radiosendung *Pillow Talk*. Ich muss zugeben, mittlerweile bin ich süchtig danach. Das ist wie bei einem Horrorfilm, bei dem man die Hand vor Augen hält, aber dann zwischen den Fingern durchlinst, weil man wissen will, wie es weitergeht.

Die ganzen Kids rufen Mom an und fragen sie total abgefahrene Sachen. *Ich bin ein fünfzehnjähriges Mädchen, und immer wenn ich einen Jungen küsse, kriege ich Schluckauf. Ist das normal?* Oder: *Ich bin ein sechzehnjähriger Junge und lese gern* Vogue *und*

Mademoiselle. *Ist das normal?* Oder: *Ich bin ein siebzehnjähriger Junge und habe keine Lust, ein Mädchen zu berühren, wenn ich nicht Jay-Z höre. Ist das normal?*

Aber egal, was für Fragen auch kommen, Mom beantwortet sie alle gleich: *Das Wichtigste ist – bist du nett zu dir selbst?*

Beinahe hätte ich Mom selbst mal angerufen und gesagt: *»Doktor« Black, ich bin ein siebzehnjähriger Junge, der aus absolut ungerechten Gründen ein Schuljahr wiederholen muss. Jetzt sitze ich also noch einmal in der elften Klasse, während alle meine Freunde schon in der Zwölften sind. Ich bin gerade kurz davor, mit dem absolut vollkommensten Mädchen der Welt zu schlafen, das mit mir befreundet ist, seit ich zehn bin. Nur dass ich nicht aufhören kann, an dieses geheimnisvolle Mädchen zu denken, das ich aus dem Internat in Pennsylvania kenne, auf das ich mal gegangen bin. Ist das normal?*

Ich hätte sogar auf ihre nächste Frage antworten können: *Und nein, ich bin nicht nett zu mir selbst, aber dafür zu allen anderen. Zählt das auch?*

Aber was heißt »nett zu sich selbst sein« eigentlich überhaupt?

Ich glaube, ich werde ziemlich bald auf mein Rad steigen und rüber zu Posie fahren. Ich habe die Blumen, die ich im Drugstore gekauft habe, und die Kondome von vor ein paar Wochen. Ich habe sog –...

(Immer noch 28. November, ein paar Minuten später)

Okay, genau in diesem Augenblick klingelte das Telefon.

Irgendwie erkannte ich schon am Klingeln, dass es Sophie war. Ich kann es nicht erklären, aber als ich in die Küche ging, um mir das schnurlose Telefon zu schnappen, hatte ich keinen Zweifel, dass sie es war.

»Hi? Jonah?« Ich konnte sie deutlich sehen, konnte fast ihr Shampoo riechen. Es war erstaunlich, dass sie mich von so weit weg anrufen konnte, aus Bryn Mawr, Pennsylvania, nach Pompano Beach, Florida, und es trotzdem klang, als befänden wir uns im selben Zimmer. Im Hintergrund konnte ich den Verkehr auf der Lancaster Pike hören, der großen Straße vor der Masthead Academy. Ich wusste, dass Sophie an dem Münztelefon vor Webber Hall, dem Verwaltungsgebäude, stand. Ich fragte mich, warum sie nicht das Telefon im Flur vor dem Mädchenschlafsaal benutzte, aber vielleicht wollte sie ja ungestört sein, wenn sie mit mir sprach. Das gefiel mir.

»Sophie?«, sagte ich. »Wie geht es dir?«

»Ach, ganz gut so«, sagte sie. »Na ja, eigentlich ein bisschen komisch.«

»Wirklich? Ist alles in Ordnung?« Sie klang seltsam.

»Ja, alles in Ordnung. Aber irgendwie fehlst du mir, weißt du?«

»Du fehlst mir auch, Sophie. Wie läuft's in Masthead?«

»Oh, Jonah, du weißt doch, wie es hier ist. Das reinste Irrenhaus. Nur dass es jetzt noch schlimmer ist, weil alle nervös sind wegen ihrer Collegebewerbung.«

»Wo hast du dich beworben?«, fragte ich.

Langes Schweigen.

»Hm, du brauchst es mir nicht zu sagen, wenn du nicht willst.«

»Nein, es ist schon in Ordnung. Ich hab's ganz breit gestreut. Stanford in Kalifornien. Tulane in New Orleans. Carleton in Minnesota. Die Universität von Colorado. Und die Universität von Central Florida.«

»UFC? Du hast dich an der UFC beworben?«, fragte ich. Das ist nicht gerade das tollste College der Welt. Aber wahrscheinlich ziemlich gut zum Partymachen.

»Hm, ja. Man soll sich doch alle Möglichkeiten offen halten, oder?«, sagte Sophie.

»Stimmt wahrscheinlich.«

»Wo bewirbst du dich, Jonah?«

Am liebsten hätte ich ihr eine große Lüge aufgetischt, aber das ging ja nicht. »Ich bewerbe mich nicht«, sagte ich. »Ich bin immer noch in der Elften. Du erinnerst dich?«

»Ach ja, stimmt ja«, sagte Sophie. Ich konnte fast spüren, wie ich in ihren Augen kleiner wurde. »Wegen... der Sache letztes Frühjahr.«

Es gefiel mir sehr, wie sie es »die Sache« nannte. *Ja, weil ich aus Versehen ein Auto in eine Hotelmauer gesetzt habe. Weil ich versucht habe, dich zu retten, Sophie. Weil ich dich davor bewahren wollte, mit meinem dämlichen Ex-Zimmergenossen Sullivan, dem Riesen, zu schlafen. Weil ich rausgeworfen wurde und wieder zurück zu meiner Mutter nach Pompano Beach musste. Weil ich ein Loser bin!*

»Orlando ist doch nicht weit weg von euch, oder, Jonah?«, fragte sie.

»Hm, ein paar Stunden, ehrlich gesagt.«

»Oh.« Sie klang enttäuscht. »Hmh, na ja. Zum Teil komme ich auch deshalb runter. Um mir den Campus anzusehen. Und weil ich Ferien mit meinen Eltern mache.« Kleine Pause. »Möchtest du dich immer noch mit mir treffen? Wenn ich zu euch komme?«

»Ja«, sagte ich. »Das wäre schön.« Dann dachte ich an Posie, die in nur knapp zwei Kilometer Entfernung darauf wartete, dass ich zu unserer großen Nacht kam. Ich fühlte mich noch nicht einmal sehr schuldig. Was ist bloß mit mir los?

»Wir wohnen im Porpoise«, sagte Sophie. »Also, ich hab Folgendes geplant: Bis zum 19. bin ich in Masthead. Dann fliege ich nach Maine, um in Kennebunkport Weihnachten mit meiner Familie zu verbringen. Am 26. düsen wir alle nach Disney World. Warum treffen wir uns nicht einfach dort?«

»Okay. Ich muss mir nur noch überlegen, wie ich das machen kann. Ich brauche eine gute Entschuldigung, warum ich für ein paar Tage nach Orlando muss«, sagte ich.

»Sag doch einfach, du würdest ein Mädchen in einem Hotel treffen. Na, wie fände deine Mutter das?«, witzelte Sophie.

Ich konnte immer noch die Stimme meiner Mutter im Radio hören.

»Bla, bla«, sagte sie gerade und unterbrach einen Anrufer. »Es spielt keine Rolle, was du denkst! Wichtig ist, was du fühlst!«

»Ich weiß nicht, wie sie das fände«, sagte ich. »Mein... hm... Liebesleben geht sie nichts an.«

Wieder eine lange Pause. Ich sah Sophie in Gedanken vor mir, wie sie da draußen in der Kälte stand. Die Abschlussklasse von Masthead verkaufte wahrscheinlich wieder Weihnachtsbäume draußen auf dem Parkplatz wie jedes Jahr. »Ich erzähle meinen Eltern auch nichts«, sagte Sophie.

»Erzählst ihnen was nicht?«

»Dass ich dich treffe.«

Ich wusste nicht, was ich dazu sagen sollte. Ich ließ diese Worte einfach in meinem Körper nachklingen.

»Hey, Jonah, ich muss dir noch was erzählen«, sagte Sophie.

»Was?«

»Von deinem Zimmernachbarn. Ich meine, deinem Ex-Zimmernachbarn.«

»Sullivan?«

»Ich habe nie mit ihm geschlafen, Jonah. Ich wollte, dass du das weißt. Ich habe ehrlich gesagt noch nie mit jemandem geschlafen. Ich habe gewartet.«

»Ich auch«, flüsterte ich. Nur dass ich gerade auf dem Absprung zu Posie war, um mit ihr ins Bett zu gehen. Ich hatte das Gefühl, in der Mitte auseinander zu brechen. Ich wusste nicht mehr, welcher von beiden ich jetzt eigentlich untreu war.

»Das freut mich«, sagte Sophie. Ich hörte im Hintergrund ein Auto hupen. »Oje, ich muss los«, sagte sie rasch. »Ich rufe dich wieder an, ja? Warum buchst du nicht vom 27. bis zum 30. ein Zimmer im Porpoise? Dann könnten wir uns treffen, wann immer ich meinen Eltern entwischen kann. Okay? Ich rufe dich später wieder an. Tschüss!«

Und dann legte sie auf.

Jetzt sitze ich auf meinem Bett und trage das in mein Tagebuch ein. Ich habe mein bestes schwarzes Hemd an und die Jeans, die Posie so gefällt. Ich sehe mir das Foto von mir mit den roten Werwolfaugen an. Ich habe einen Blumenstrauß in meiner Hand.

Und alles, woran ich denken kann, ist, nach Disney World zu fahren, um mit Sophie in einem Hotel zu übernachten.

29. November, 0:30 Uhr

Okay, also es war eine absolute Katastrophe. Ich bin rübergefahren und… ach nee. Es ist zu deprimierend, das jetzt aufzuschreiben. Ich gehe besser ins Bett. Ich versuche es morgen noch mal und schreibe jetzt nur die drei magischen Wörter des heutigen Abends auf: BLÖD BLÖD BLÖD.

29. November

Samstagmorgen, fast elf Uhr, aber ich bin immer noch in meinem Zimmer. Ich kann mich heute nicht dazu bringen, der Welt entgegenzutreten. Ich möchte einfach nur hier sitzen, Musik hören und schreiben. Ich höre *Radiohead*, was genau zu meiner Laune passt. Echt krank.

Okay, jetzt also zu den aufregenden Einzelheiten von Jonahs großer Katastrophe.

Vielleicht wird es nicht so schlimm, wenn ich jetzt ganz schnell schreibe. Vielleicht.

Ich fuhr also rüber zu Posie und... Mann, o Mann, hatte sie den Abend vorbereitet! Im Kamin brannte Feuer. Es ist ein Kamin mit künstlichem Gasfeuer, aber es war trotzdem schön. Sie hatte ein richtiges Abendessen für uns gekocht – Brathähnchen – und den Tisch mit dem schönen Porzellangeschirr und dem Silberbesteck ihrer Eltern gedeckt. Ihre Eltern wollten über Nacht in Lauderdale bleiben, und ihre kleine Schwester Caitlin war mit ein paar Freunden ins Kino gegangen, sodass wir ganz für uns sein konnten.

Caitlin wollte ungefähr um elf zurück sein, aber das war in Ordnung. Caitlin war cool, was Posie und mich betraf.

Okay, wir fingen also an zu essen und Posie machte sogar eine Flasche Weißwein auf. Er war süß und stieg direkt ins Gehirn und ich war sofort ein bisschen benommen.

Posie trug ein schwarzes Spitzentop, das fast an ihr klebte, und ich musste mich schwer zurückhalten, meine Augen nicht dauernd von ihrem Gesicht abgleiten zu lassen. Außerdem trug sie einen kurzen Kakirock, der ihre Beine zur Geltung brachte. Irgendwann sollte ich vielleicht mal länger über Posies Beine schreiben: Sie sind so eine Art Naturwunder, so wie der Grand Canyon oder der Mount Rushmore. Sie ist irre braun, weil sie ja dauernd draußen auf dem Meer herumsurft, und hat echt starke Muskeln. Aber eben nicht diese fetten Gewichthebermuskeln, die viele Mädchen bekommen, wenn sie ins Fitnessstudio gehen. Sie sind einfach nur stark und glatt und braun und irre.

Natürlich konnte ich ihre Beine unter der Tischdecke nicht sehen, aber ich wusste, dass sie da waren.

Posie fragte, ob ich Hühnchen mochte.

»Welche Teile magst du am liebsten?«

»Ich weiß nicht genau.«

»Weißt du, ich mag die Schenkel am liebsten«, sagte sie. »Ich liebe das dunkle Fleisch am Schenkel. Es ist so zart und saftig. Was meinst du, Jonah? Magst du Schenkel?«

Ich lachte. »Ja, Posie, Schenkel ist in Ordnung.«

Da sagte sie: »Aber manchmal mag ich auch die Brust lieber. Das weiße Brustfleisch ist ja auch zart und köstlich. Ich weiß nicht. Gar nicht mal so einfach, sich zwischen Brust und Schenkel zu entscheiden, was?«

Posie ist vielleicht eine. Ich fand es herrlich, wie sie mich mit diesem Hühnchenkram aufzog. Es war so klasse, einfach nur dazusitzen und von ihr angemacht zu werden.

»Es gibt viele tolle Teile an einem Hühnchen, nicht?« Ich grinste sie an.

»Mhm«, sagte Posie und lachte. »Hey, Jonah. Warum kommst du nicht zu mir her und bewunderst meine tollen Teile?«

Ich ging zu ihr und küsste sie wie verrückt. Nach einer Weile nahm Posie mich an der Hand, wir gingen in ihr Zimmer und ich legte mich aufs Bett. Dasselbe Bett, auf dem wir schon seit unserer Kindheit gesessen haben, nur dass es sich jetzt ganz anders anfühlte – wie die Startrampe für eine Rakete in Cape Canaveral.

»Ich bin gleich wieder da«, sagte sie und ging ins Bad. Ich zog mir alle Klamotten aus, schlüpfte unter die Decke und wartete auf sie. Ich konnte einfach nicht fassen, dass es jetzt passieren sollte. Plötzlich fielen mir die Kondome wieder ein und ich stand auf, zog mein Portmonee aus der Hosentasche, holte ein Kondom raus und legte es auf Posies Nachttisch. Dann ging ich wieder ins Bett. Noch gerade rechtzeitig, bevor Posie aus dem Bad kam und absolut gar nichts mehr anhatte. Sie ging rüber ins Büro, zündete die Kerze an und knipste dann alle anderen Lampen im Zimmer aus, legte sich neben mich und küsste mich.

Ich legte die Arme um sie und fühlte mich wie Superman. Auserwählt, wie Keanu Reeves in dem Film *Die Matrix.*

»Ich liebe dich, Jonah«, flüsterte Posie. »Zieh dich aus.«

»Ich liebe dich auch, Sophie«, sagte ich.

Ich hörte, was ich sagte, merkte aber erst, wie schrecklich das war, als ich spürte, wie Posie steif wurde. Als hätte jemand einen Eimer eiskaltes Wasser über sie geschüttet.

»Sophie?«, sagte sie. »Du hast mich Sophie genannt?«

»Nein, nein.«

»Doch!«, schrie sie. »Verdammt noch mal, Jonah!«

»Tut mir Leid«, sagte ich. »Es war ein Versehen. Es war nur etwas, was ich...«

Ich wurde sehr rot und stotterte. Posie starrte mich an, als sähe sie plötzlich etwas in mir, was sie vorher nie bemerkt hatte.

»Du liebst sie wirklich, nicht?«

»Posie, das ist albern, ich weiß ja noch nicht mal...«

»Jetzt komm, Jonah. Wir kennen uns schon zu lange, um uns anzulügen. Sag mir die Wahrheit. Liebst du sie immer noch?«

Ich antwortete nicht sofort, was in gewisser Weise noch schlimmer war als alles, was ich hätte sagen können.

»Oh, mein Gott«, sagte Posie und lehnte sich zurück. »Mein Gott, Jonah.«

»Ich liebe sie nicht«, sagte ich. »Wirklich, es war nur ein Versehen.«

»Halt den Mund«, sagte Posie und boxte mir in die Brust. Dann sprang sie plötzlich aus dem Bett, knipste die Lampen an, blies die Kerze aus und ging wieder ins Bad.

Ich legte mich noch mal kurz zurück. Ich fühlte mich wie das weltgrößte Monster. Ich konnte es nicht fassen! Da stand ich kurz davor, zum ersten Mal mit meiner besten Freundin Posie, diesem absolut unglaublichen Mädchen, zu schlafen, und dann versaute ich es, indem ich sie Sophie nannte. Sophie, das geheimnisvolle Mädchen, das ich kaum kenne. Was ist bloß mit mir los? Bin ich total verblödet?

JA, DU UNGLAUBLICHER VOLLTROTTEL, DU BIST TOTAL BLÖD.

Schließlich stand ich auf, zog meine Boxershorts und meine Jeans wieder an, mein Hemd aber nicht, und ging zum Badezimmer.

»Posie?«

»Lass mich in Ruhe.«

»Es tut mir Leid«, sagte ich. »Komm bitte raus, ja? Lass uns reden.«

»Ich komme gleich«, sagte Posie, und ihre Stimme

verriet, dass sie weinte, sich aber dafür schämte und gleichzeitig versuchte, es zu überspielen und damit aufzuhören.

»Okay«, sagte ich, tapste zurück zu ihrem Bett und legte mich noch einmal drauf. Ich griff mir die Zeitschrift, die neben dem Bett lag – *Surfgöttin: Mädchenmagazin für Surfen und Wassersport* –, und las eine Weile darin herum, ohne ein Wort zu verstehen. Mir fiel nur auf, dass viele Mädchen darin ganz schön gut aussahen.

Schließlich kam Posie aus dem Bad. Sie hatte sich wieder angezogen, und ich fühlte mich mies, dass ich noch ohne Hemd dasaß. Sie hockte sich neben mich aufs Bett und ich legte die Zeitschrift auf das immer noch unausgepackte Kondom auf ihrem Nachttisch.

»Jonah, was sollen wir bloß machen?« Sie nahm meine Hand und ich sah sie kurz an. Posie hat sehr schöne Finger – lang, schmal und braun.

»Ich weiß nicht.«

»Hör auf mit dem Mist«, sagte sie. »Du bist schon den ganzen Abend so komisch. Du musst jetzt mit mir reden und mir sagen, was in deinem Kopf vorgeht.«

»Ich weiß nicht, was in meinem Kopf vorgeht. Ehrlich nicht. Deshalb bin ich so komisch. Ich meine, ich weiß, dass ich dich liebe, Posie.«

»Ich liebe dich auch, Jonah.« Sie seufzte und ließ meine Hand los. »Aber sag mir bitte, wie du sie aus deinem System kriegen willst.«

»Sie ist nicht mehr in meinem System. Wirklich

nicht.« Ich wusste sofort, dass das eine Lüge war. Und ich wusste auch, dass Posie das merkte.

»Ist sie doch«, sagte sie.

»Komm schon, Posie«, bat ich. »Ich habe einen Fehler gemacht. Das ist doch kein Weltuntergang.«

»Jonah«, sagte sie, und ihre Stimme klang müde. »Ist mir egal, ob du immer noch verrückt nach diesem Mädchen bist. Aber du musst es zumindest zugeben. Du musst das in deinem Kopf klar kriegen. Willst du nun mit mir oder mit ihr zusammen sein?«

»Ich möchte mit dir zusammen sein. Natürlich möchte ich mit dir zusammen sein.« Ich war mir aber nicht sicher, ob es stimmte. »Ich meine, wie könnte ich auch mit ihr zusammen sein? Sie geht in Pennsylvania zur Schule und lebt in Maine.«

Und wieder war mir sofort klar, dass ich das nicht hätte sagen sollen. Posie antwortete mit ganz dünner Stimme: »Du meinst, du würdest mit ihr gehen, wenn sie hier in der Nähe leben würde? Ich meine, hier in Florida?«

»Nein«, sagte ich. »Ich weiß nicht. Natürlich nicht.«

»Jonah, was läuft da mit ihr? Was ist da oben in Pennsylvania passiert? Du hast mir die Geschichte ja nie ganz erzählt.«

Ausgerechnet da wollte ich ihr wirklich nicht davon erzählen. Ich wollte nur, dass Posie sich wieder auszog und wir zusammen schliefen. Aber langsam dämmerte mir, dass das wohl nicht passieren würde. Wahrscheinlich habe ich das sogar für immer versaut.

Doch dann wurde mir klar, dass ich mit meiner ältesten Freundin sprach. Posie ist neben Thorne der einzige Mensch auf der Welt, mit dem ich überhaupt darüber reden kann.

Also erzählte ich ihr die ganze Sache. Wie ich schon immer verrückt nach Sophie gewesen war, aber nicht sicher war, ob sie überhaupt wusste, dass ich existierte. Wie ich sie an einem verschneiten Tag gesehen hatte, wie sie ganz allein dastand und über das Kornfeld hinter dem Fußballplatz schaute. Oder wie sie oben im Glockenturm stand und auf alle heruntersah, die vorbeigingen. Sie hat so einen merkwürdigen Ausdruck, als sei sie weit weg von allem und würde einfach nur zuschauen. Wirklich zuschauen. Genau wie ich manchmal. Ich hatte das Gefühl, dass Sophie, wer immer sie sein mochte, die Welt vielleicht genauso wahrnahm wie ich.

Dann erzählte ich Posie von meinem ekligen Zimmergenossen Sullivan, dem Riesen, dessen Vater Vermögensverwalter in Masthead war. Und dass Sullivan Zugang zu den Akten von allen hatte und die Mädchen erpresste, mit ihm zu gehen. Er ging alphabetisch vor und machte sich an jedes Mädchen der Klasse ran. Im Frühjahr war er bei Sophie angelangt, deren Nachname mit O anfängt. Ich erzählte Posie, wie meine Freundin Betsy Donnelly und ich einen Plan entwickelt hatten, um ihn zu stoppen. Leider gab es einen Schwachpunkt in diesem Plan. Ich konnte noch nicht so gut Auto fahren. Statt einfach in das Motel zu gehen und Sophie vor Sullivan zu retten, setzte ich den Peugeot des Rektors in die Mauer des Motels und wurde rausgeworfen. Allerdings rettete ich Sophie. Sie rannte in die Nacht, bevor Sullivan ihr zu nahe kommen konnte.

»Was wusste Sullivan denn über sie?«, fragte Posie. »Wie?«

»Du hast doch gesagt, dieser Sullivan hätte Informationen über alle Mädchen, mit denen er sie in sein Bett zwingen konnte. Also was hat er über Sophie herausgefunden, das so schrecklich war, dass sie lieber mit ihm in irgendein Motel ging, als das bekannt werden zu lassen?«

Ich war sprachlos, weil ich das nicht wusste. Ich hatte noch nie darüber nachgedacht.

»Weiß sie, was du für sie getan hast?«, fragte Posie. »Weiß sie, dass du es warst?«

»Alle wussten, dass ich den Peugeot des Rektors in die Mauer des Beeswax Inn gesetzt habe«, sagte ich. »Das war kein großes Geheimnis. Aber niemand wusste, warum. Zumindest bis letzten Monat nicht, als Thorne Sophie angerufen hat, um es ihr zu sagen.«

»Um ihr was zu sagen?«, fragte Posie.

»Dass ich versucht habe, sie zu retten.«

Posie lächelte. »Guter alter Thorne«, sagte sie.

»Er wollte mir einen Gefallen tun.«

Posie nickte. »Was hast du denn jetzt vor? Triffst du dich mit ihr?«

»Ich weiß nicht«, sagte ich.

»Doch, das weißt du«, sagte Posie. Wir starrten uns an.

»Du hast Recht«, gab ich schließlich zu. »Ich treffe mich mit ihr.«

Und da wurde mir schlagartig klar, dass Posie und ich gerade dabei waren, Schluss zu machen.

»Ich glaube, du solltest jetzt nach Hause gehen«, sagte sie, und ich wusste, dass sie gleich wieder anfangen würde zu weinen.

Schließlich zog ich mein Hemd wieder an, band mir die Schuhe zu. »Posie«, sagte ich. »Du weißt, dass ich dich lie-«

»Halt den Mund«, sagte sie. »Verschwinde jetzt einfach.«

Ich verließ ihr Zimmer, ging raus, setzte mich aufs Rad und fuhr nach Hause. Und als ich dann im Bett lag und an die Decke starrte, konnte ich die ganze Zeit nur denken: *Vielleicht habe ich gerade den größten Fehler meines Lebens begangen.*

10. Dezember, 18:30 Uhr

Hatte eine Zeit lang keine Lust zu schreiben. Ich war irgendwie deprimiert, dass Posie und ich Schluss gemacht haben. Überhaupt allgemein deprimiert.

Ich sitze im Wohnzimmer, im Fernsehen läuft MTV, und ich tue so, als wäre ich irgendwas anderes als eine lahme Gurke. Das Schwimmtraining war heute ziemlich brutal. Mr Davis möchte wirklich, dass wir diesen Freitag gegen die Ely gewinnen, aber das sehe ich noch nicht. Wir peilen es einfach nicht.

Ich trainiere gerade einen neuen Sprung, einen zweieinhalbfachen Salto rückwärts mit anderthalbfacher Drehung, also den Sprung, den der Star der Ely, Lamar Jameson, beim letzten Wettkampf vorgeführt hat. Lamar ist gut, aber er ist nicht so elegant. Er hat vor allem eine gewaltige Körperkraft. Das bedeutet, dass er seinen Sprüngen mehr Power geben kann, aber wie Mr Davis sagt, das heißt nicht unbedingt, dass sie »Poesie« haben. Mr Davis versucht mich dazu zu bringen, mehr »Poesie« in meine Sprünge zu legen, aber ich weiß immer noch nicht genau, wie ich das machen soll, ohne in einem Ballettröckchen aufs Sprungbrett zu tänzeln.

Aber eigentlich findet Mr Davis auch, dass meine Sprünge schon viel »Poesie« haben. Ich weiß nicht, was das heißt, aber jedenfalls sagt er, sie hätten es.

Mit Wailer ist während des Trainings etwas Cooles passiert. Ich muss ehrlich gesagt zugeben, dass ich Wailer nicht mehr hassen kann. Eigentlich ist er kein schlechter Typ. Und jetzt haben wir ja sogar was gemeinsam. Wir sind beide »Posies Exfreunde«. Ich wünschte, ich hätte das nicht mit ihm gemein, aber so ist es nun mal. Na ja.

Wailer übt also einen neuen Sprung, einen doppelten Salto mit anderthalbfacher Drehung. Viel zu schwer für ihn, aber er will es unbedingt hinkriegen. Immer wieder hat er den Sprung versucht, aber jedes Mal fiel er vom Brett, als habe ihn jemand abgeschossen, und landete einen Bauchklatscher. Aber das Erstaunliche war, dass er sich nicht entmutigen ließ. Er kam einfach immer wieder aus dem Wasser und versuchte es ein ums andere Mal. Schließlich setzte er sich neben mich auf die Bank.

»Ich glaube, langsam kriege ich den Dreh«, sagte er, obwohl das keineswegs der Fall war.

Und dann warf er mir einen Hilfe suchenden Blick zu, was wohl heißen sollte: *Ich kriege den Dreh nie,* und plötzlich wurde mir klar, dass Wailer – Mr Bauchklatscher, Posies Exfreund, Mr Zementschuhe – mich um Rat fragte.

Ich wollte ihm genau erklären, wie ich den Sprung ansetzen würde, aber dann hielt ich mich zurück, weil ich wusste, dass ihn das nur deprimieren würde. Klar, würde er wahrscheinlich denken, für dich ist das einfach. Also sagte ich lieber: »Es ist ein schwerer Sprung. Ich habe auch lange gebraucht, um ihn hinzukriegen.«

Wailer überlegte kurz und sagte dann: »Ja? Wirklich?«

»Oh ja, bestimmt drei Monate«, sagte ich. »Ich glaube, das Schwierigste war, hoch genug abzuspringen.« Das war nämlich Wailers Problem. Er plumpste immer ziemlich direkt ins Wasser wie ein Toter, und es gelang ihm nicht, vorher richtig hochzukommen.

»Ja, das ist wirklich schwierig«, sagte Wailer.

»Weißt du, woran ich gedacht habe, als ich angefangen habe, den Sprung zu trainieren? Ich habe so getan, als wäre ich ein kleiner Junge auf einem Trampolin und würde versuchen, den Himmel mit den Händen zu berühren, verstehst du?« Ich stand auf und streckte die Arme über den Kopf, wie vorgeschrieben.

Wailer nickte. »Ja, das ist bestimmt das Geheimnis«, sagte er.

Ich nahm meine Bademütze und sagte: »Na ja, wie auch immer. Es ist cool, dass du langsam herausfindest, worauf es ankommt.«

Und dann ging ich zum Sprungturm, und dabei bemerkte ich, wie Mr Davis mich ansah, als habe er alles gehört, was ich gesagt hatte. Er nickte mir aufmunternd zu. Und da kam mir auf einmal die Idee: *Schwimmlehrer, ich könnte später Schwimmlehrer werden.* Es war das erste Mal, dass mir ein Beruf in den Sinn kam, den ich nicht hassen würde, wenn ich das College hinter mir hatte. Ich sah mein Leben vor mir und hatte das sehr gute Gefühl, alles wäre möglich.

Später, nach den üblichen Trainingssprüngen, setzte ich mich wieder und sah Wailer beim Üben des doppelten Saltos mit anderthalbfacher Drehung zu. Er reckte die Arme Richtung Decke, fiel dann aber wie ein Sack Zement ins Wasser. Ich kann verstehen, warum Mr Davis manchmal so aussieht, als könnte er einen oder besser zwei Drinks gebrauchen.

Nach dem Training wartete mein Freund Thorne vor dem *Natatorium* auf mich, gegen die Fronthaube seines Beetle gelehnt.

»Hi, Kumpel«, sagte er und hob die Hand, um sie gegen meine zu klatschen. Gut, dass wir wieder Freunde sind, besonders nachdem es eine Zeit lang so schwierig war, als er mit Posie ging. Jetzt haben Thorne, Wailer und ich etwas gemeinsam. Ich weiß noch, wie wütend Thorne war, als Posie ihn wegen mir verließ. Jetzt weiß ich genau, wie Thorne sich gefühlt haben muss. Obwohl verlassen werden für Thorne nicht dasselbe ist wie für mich. Ich habe immer noch Sophie, die vielleicht die Liebe meines Lebens ist. Aber für Thorne sind Mädchen wie U-Bahnen – in ein paar Minuten kommt die nächste.

»Was ist los?«, fragte er. »Ich sehe dich irgendwie nie.«

»Vielleicht weil ich in der blöden elften Klasse bin, Thorne. Du führst den Lebensstil der Abschlussklasse.«

»Lebensstil, von wegen. Als wäre es ein Leben, Millionen Collegebewerbungen herumzuschicken.«

»Hast du sie alle abgeschickt?«, fragte ich.

»Ehrlich gesagt habe ich eine ganz neue Methode für diesen Collegekram entwickelt.«

»Ach ja?«

Thorne braucht wahrhaftig eine neue Methode, um aufs College zu kommen. Seine Eltern sind fast blank. Ganz abgesehen davon, dass er nicht gerade Klassenbester ist. Er kann also auf kein einigermaßen cooles College kommen, wenn er nicht irgendeinen irren Plan entwickelt. Aber wenn sich jemand seinen Weg da reinzaubern kann, dann Thorne.

Er hat im Laufe der Jahre viele »Methoden« entwickelt, zum Beispiel den »Love Rendezvous Connection Datingservice« im Internet. Einmal hat er sich meine Halskrause ausgeliehen, nachdem ich mir beim Springen fast das Genick gebrochen hatte, damit die Mädchen ihn für ein armes krankes Würmchen hielten, und ein andermal hat er eine Fensterglasbrille getragen, damit er diese kleine Leseratte verführen konnte, hinter der er her war. Thorne ist auf jeden Fall der fantasievollste Typ, den ich kenne.

»Ja«, sagte Thorne. »Also, Mr Woodword hat eine

Liste mit den allerlahmsten Colleges für mich aufgestellt, so wie Cheesemore und was weiß ich was für Langweiler-Unis. Der reinste Witz. Meine Mutter dagegen träumt von Harvard, Yale, Connecticut Wesleyan, Ohio Wesleyan, Nebraska Wesleyan und so. Ich bin fast verrückt geworden zwischen dieser Liste von Woody und der Liste meiner Mutter: Auf die Colleges auf Woodys Liste will ich nicht gehen, und auf die, die auf der Liste von meiner Mutter stehen, schaffe ich es nie. Verstehst du? Aber jetzt ist mir endlich was eingefallen. Die Antwort auf alle unsere Probleme. Bist du so weit, Jonah-Baby? Ich sage nur drei Worte: im Hauptfach Wirtschaft.«

»Im Hauptfach Wirtschaft?«

»Genau. Statt Shakespeare oder Rechnungswesen oder was auch immer zu studieren, lernt man einfach, wie man ohne Ende Kohle macht. Das interessiert mich ja auch wirklich. Und noch was. Alle meine kleinen Unternehmungen – wie die Love Rendezvous Connection und der Risikokapital-Kram – sind genau das, worauf die dort scharf sind. Meine ganzen kleinen Geldverdiener-Hobbys schaufeln mir doch tatsächlich den Weg aufs College frei. Im Ernst, ich hab das festgeklopft! Ich studiere Geld!«

Gerade eben hatte er mir noch Leid getan, weil ich dachte, dass es ihm vielleicht nie gelingen würde, aufs College zu kommen, aber jetzt dachte ich: *Na ja, einen Versuch ist es wert.* Die »Unternehmungen«, die er in den letzten ein, zwei Jahren in Gang gesetzt hatte, würden ein Wirtschaftscollege wahrscheinlich wirklich beeindrucken. Das Einzige, was er in seiner Bewerbung wohl kaum erwähnen durfte, war sein Wochenendjob auf dem Fischerboot seines Vaters, der *Scrod*. Aber wie ich Thorne kannte, würde er da wohl auch einen Dreh finden, vielleicht indem er sich »Meeresstudienberater« nannte oder so.

»Also, wo bewirbst du dich?«, fragte ich.

»In Babson. Thomas. Vicksburg. Und an der Universität von Central Florida.«

»An der UCF?«, fragte ich. »Du willst an die UCF?«

»Na ja, eigentlich nicht. Aber die haben dieses spezielle Projekt zum Thema E-Business. Die haben mich angerufen – wie findest du das? Ich werde tatsächlich umworben!«

»Hey, Thorne! Vielleicht bist du ja nächstes Jahr in Orlando!«, sagte ich. Aber vor meinem geistigen Auge lief ein Film ab, der noch viel schlimmer war. Ich stellte mir vor, wie Thorne zusammen mit Sophie aufs College ging. Wie sie zusammen zu Fußballspielen gingen. Und zu den Partys der Studentenverbindungen. Keine Eltern. Sex, wann immer man Lust hatte. Ich brauchte bloß daran zu denken und schon wurden meine Hände schweißnass.

»Was ist mit Cecily?«, fragte ich. »Seid ihr immer noch so eng?«

»Klar bin ich eng mit ihr. Und mit Cilla. Von Elanor Brubaker ganz zu schweigen«, sagte Thorne.

»Du meinst, du gehst mit allen dreien?«

Thorne lachte. »Jonah, du Baby. Du bist der einzige Mensch im ganzen Staat, der noch ›miteinander gehen‹ sagt. Du hast da ein totales Retro-Ding laufen.«

»Miteinander gehen ist retro?«

»Nein, dieses ganze Monogam-Spiel. Als würdest du mit einem Mädchen ausgehen und ihr dann fest versprechen, mit ihr zusammen zu sein. Zum Abschlussball gehen. Drillinge kriegen.«

Unfassbar. »Finden Cilla und Cecily und Elanor es denn okay, dass du sie alle drei datest?«

»Meinst du, ich diskutiere das mit ihnen?«, fragte Thorne. »Jesus, Jonah-Boy, was ist bloß mit dir los? Hast du Blödsoße getrunken?«

»Dann gehst du also mit allen dreien auf einmal, und sie wissen das noch nicht mal und du fühlst dich gut dabei?«

»Klar fühle ich mich gut! Es ist genial. Wie Kabelfernsehen, nur dass ich statt Programmen Mädchen zappe.« Thorne lachte.

Ich schüttelte den Kopf. Ich glaube, das werde ich nie begreifen. »Wie geht's eigentlich deinem Vater?«, sagte ich, um das Thema zu wechseln. »Wie geht es der *Scrod*?«

»Die *Scrod* nervt. Ich kann es kaum erwarten, diesen Job loszuwerden.« Er sah traurig aus, ich meine, soweit Thorne überhaupt traurig aussehen kann.

»Für meinen Alten ist das allerdings ätzend. Er kommt mit dem Schiff nicht allein zurecht. Er muss aufhören, wenn er nicht jemand findet, der ihm hilft.«

Plötzlich leuchtete Thornes Gesicht auf.

»Hey, Jonah, Mann! Du bist doch nächstes Jahr noch hier! Wie fändest du es, den Job auf der *Scrod* für mich zu übernehmen?«

»Ich? Vergiss es. Danke, aber nein danke.« Ich wollte sonntagmorgens wirklich nicht mit den Hähnen aufstehen und stinkende Fische fangen und ausnehmen. Pizzas und Videos austragen ist völlig in Ordnung für mich.

»Denk drüber nach, Mann. Das Ding ist eine Goldgrube. Seeanemonen einholen und sie an die Japaner verkaufen! Du kannst jedes Wochenende 500 Mäuse verdienen, echt.«

So wie Thorne immer versuchte, Geld zusammenzuklauben, wusste ich ziemlich genau, dass ich niemals auf 500 Kröten am Wochenende käme – höchstens fünfzig, wenn überhaupt.

»Meinst du, ich möchte die Wochenenden mit deinem Vater auf der *Scrod* vergondeln? Nein, danke, Thorne. Wirklich. Ich habe einen Job.«

»Ich sage ihm, dass du interessiert bist«, erklärte Thorne.

»Nein!«, protestierte ich.

»Ach, ich kann's ja mal kurz erwähnen.«

»Tu das nicht.«

»Du hast damit noch nicht fest zugesagt«, versicherte er mir.

»Nein, ich habe nicht nur noch nicht fest zugesagt«, beharrte ich. »Ich habe *Nein* gesagt.«

»Du bist ja sehr aufgeschlossen«, sagte er.

»Bin ich nicht, muss ich auch nicht sein.«

»Gut. Dann haben wir das ja zumindest. Aber jetzt möchte ich dich was anderes fragen. Was hast du mit Sophie vor? Willst du sie flachlegen oder was? Posie hat mir erzählt, dass ihr Schluss gemacht habt.«

Ich war ziemlich sauer auf Posie, dass sie mit Thorne über uns geredet hatte. Irgendwie vergesse ich manchmal, dass Posie mit Thorne genauso gut befreundet ist wie mit mir. Wir kennen uns ja schon seit Urzeiten. Aber ich war gar nicht begeistert davon, dass sie ihm hinter meinem Rücken erzählt hatte, dass es vorbei war.

»Ja«, sagte ich also nur.

»Und – triffst du dich jetzt mit ihr? Ich meine, mit Sophie?«, fragte Thorne.

»Ich weiß nicht«, antwortete ich. »Wir haben telefoniert. Sie möchte, dass wir uns in den Weihnachtsferien in Disney World treffen.«

»Disney World! Du und Sophie! Genial!« Er lächelte, als ob *er* mit ihr verabredet wäre. »Das ist ja das Beste, was ich in dieser Woche gehört habe.«

»Bitte erzähl es niemandem. Okay! Das ist ein Geheimnis.«

»Hey, Jonah«, sagte Thorne und befummelte sein Bärtchen mit den Fingern. »Wem kannst du trauen, wenn nicht mir?«

Ich wollte ihm direkt ins Gesicht lachen, aber in diesem Moment kam dieses unglaublich hübsche Mädchen vorbei, das ich vorher noch nie gesehen hatte. Sie war ungefähr 1,80, schmal, aber nicht zu dünn. Lange blonde Haare.

»Hey, Elanor! Wie geht's?« Thorne legte ihr die Arme um die Taille und versuchte sie auf die Lippen zu küssen. Sie drehte den Kopf, sodass sein Kuss auf ihrer Wange landete.

»Das ist Jonah Black«, sagte Thorne.

Sie sah mich an, als schaue sie durch das falsche Ende eines Fernrohrs. Ich kam mir vor, als würde ich schrumpfen.

»Jonah ist in der Elften.«

Vielen Dank, Thorne.

»Hallo«, sagte Elanor in einem Ton, der durchblicken ließ, dass ich genauso gut gleich zur Hölle fahren konnte.

»Elanor geht auf die St. Winnifred«, sagte Thorne.

St. Winnifred ist diese unglaublich hochgestochene Vorbereitungsschule fürs College in Lauderdale-by-the-Sea. Teurer als die meisten Colleges.

»Fahren wir?«, fragte Elanor und nickte Richtung Beetle.

»Ja«, sagte Thorne.

Die beiden stiegen ins Auto.

»Bis dann, Kumpel«, rief Thorne mir aus dem Fenster zu.

»Bis dann«, sagte ich und holte mir mein Rad. Als ich die Kette aufschloss, sah ich zu, wie Thorne und Elanor losdüsten. Irgendwie fühlte ich mich auf einmal einsam. Und blöd, weil ich keinen Führerschein hatte.

Ich ging nach Hause, legte mich aufs Bett und hörte Musik. Wieder *Radiohead*. Aber das war viel zu deprimierend, sodass ich schließlich in die Küche ging, um mir was zu essen zu holen. Honey war in der Küche und trank Cola. Sie sah zu mir her und blinzelte. Auf ihren Augenlidern klebten noch ein paar Augen. Abwaschbare Tattoos. Nur Honey konnte auf die Idee kommen, sich so was auf die Augen zu setzen.

»Das sieht genial aus, Honey«, sagte ich. »Kein Wunder, dass du hochbegabt bist.«

»Hey«, sagte Honey und blinzelte mich noch einmal an. Sie trug ein schwarzes T-Shirt mit so vielen Löchern, dass es aussah, als wäre es unter den Rasenmäher gekommen. »Hass mich nicht, weil ich schön bin«, sagte sie.

»Das ist nicht der Grund, weswegen ich dich hasse«, gab ich zurück.

Ich holte mir eine Tüte Chips, ging in mein Zimmer, stellte die Radiosendung von meiner Mutter an und schrieb das hier.

11. Dezember, 18:15 Uhr

Deutsch bei Miss van Esse. Heute nehmen wir noch mal den Konjunktiv durch, wie letzten Monat schon einmal. Offensichtlich hat es keiner verstanden: Miss van Esse fängt wieder bei Null an. Der Konjunktiv ist diese verrückte Zeitform, die verwendet wird, wenn man sagen will, dass etwas sein *könnte*, im Gegensatz zu etwas, was *ist*. Zur Erklärung dient ihr immer folgendes bizarres Beispiel: »Wenn die Haifische Menschen wären«, also: Wie sähe die Welt aus, wenn die Haifische rumlaufen und beißen würden.

Miss van Esse trägt ein cremefarbenes ärmelloses Shirt, durch das man den BH sehen kann. Das macht den Unterricht auf jeden Fall interessanter. Die Armlöcher sind ein bisschen dunkel vom Schweiß. Ich frage mich, warum Miss van Esse schwitzt. Ob sie einen Freund hat oder was sie für eine Geschichte hat. Vielleicht ist ihr ja auch einfach nur warm.

Einmal habe ich ihr ein Video geliefert. Ich fände es herrlich, bei Miss van Esse herumzusitzen und mit ihr Videos zu gucken. Wir könnten Popcorn in der Mikrowelle machen und währenddessen ein bisschen Butter in einem Topf auf dem Herd schmelzen lassen. Dann schüttet sie das Popcorn in eine orange Schüssel, gießt die Butter darüber, streut etwas Knoblauchsalz drauf, und wir gucken *Rückkehr der Jedi-Ritter*. Und dann legt sie ihre Hand auf meine und drückt sie runter in die Schüssel, sodass unsere beiden Hände mit fettigem, dampfend heißem Popcorn bedeckt sind. Sophie dreht sich mit ihren großen traurigen Augen zu mir um und sagt: »Jonah Black, geben Sie uns ein schönes Beispiel für den Gebrauch des Konjunktivs.«

Ich sage: »Äähh...«

Sie runzelt die Stirn und schimpft: »Vielleicht haben Sie nicht aufgepasst«, Sophie steht vor der Klasse mit der Kreide in der Hand und die Schweißflecken unter ihren Armen sind jetzt größer. Sie dreht sich um und schreibt: »Wenn Jonah Black zuhörte...«

Ausdruckslos starre ich die Worte an, und alle sehen mich an, als hätte ich sie nicht alle oder so.

Miss van Esse hob den Arm, um an die Tafel zu schreiben. Ihre Achselhöhle war rasiert, nicht wie letzten Freitag, als da noch ein ziemliches Stoppelfeld zu sehen war. Wahrscheinlich hat sie sich übers Wochenende rasiert. Ich kann mir gut vorstellen, wie sie mit einem pinken Einmalrasierer unter der Dusche steht und einen Arm über den Kopf reckt. Dann möchte sie sich auch die Beine rasieren, kann den Fuß aber nirgends so abstellen, dass sie bequem drankommt, und setzt sich deshalb in die Wanne. Und wo sie dann schon mal drinsitzt, beschließt sie, sich ein schönes warmes Schaumbad zu gönnen – mit diesem violetten Badegel, das nach Trauben und frisch geschnittenem Gras duftet. Sophie lehnt sich zurück in den Schaum und schließt die Augen. Sie hat sich das Haar hochgesteckt und der Schaum umspielt sie bis zum Nacken. Sie hört Countrymusik im Radio und muss lachen, weil sie so retro ist.

»Und?«, sagte sie.

Ich sah auf und stellte fest, dass Miss van Esse mich erwartungsvoll anstarrte.

Sie sagte: »Wenn Jonah Black aufgepasst hätte... bitte vervollständigen Sie den Satz, Jonah.«

Ich dachte nach. »Wenn ich aufgepasst hätte...«, sagte ich. »Hm... würden wir jetzt nicht diese Unterhaltung führen?«

Zum Glück lachte Miss van Esse.

(Immer noch 11. Dezember, 17:30 Uhr)

Heute nach der Schule ging ich am Strand entlang und dachte über die Situation nach, in die ich mich gebracht hatte. Ich wusste, wohin ich wollte. Zum Rettungsschwimmerturm. Kaum war ich oben, kam auch schon Pops Berman.

»Hallo, Junge«, sagte er. Er war außer Atem.

»Hallo, Pops«, sagte ich. »Wie geht es Ihnen?«

»Nicht so gut«, keuchte er.

»Wieso? Sind Sie krank?«

»Ich bin immer krank, Junge. Meine Leber sieht aus wie ein Schweizer Käse.« Er schüttelte den Kopf. »Die Zeit wird knapp.«

»Schweizer Käse?«

»Genau, mein Sohn. Achtzig Jahre lang scharfer Wodka, und das ist das Ende vom Lied. Hauptsache, du machst es besser.«

»Okay.« Ich lachte. »Ich werde nicht achtzig Jahre lang scharfen Wodka trinken.«

»Und die Frauen – lässt du deinen kleinen Freund zu seinem Recht kommen, wie ich es dir gesagt habe? Jetzt, wo du jung bist und noch kannst?«

Ich zuckte die Achseln.

Pops Berman bedeckte das Gesicht mit den Händen. »Oh nein«, sagte er. »Was ist passiert?«

»Hmh, Sie kennen doch meine Freundin Posie? Das Mädchen, mit dem ich gegangen bin?«

»Das Surfbrett-Busenwunder?«

»Ja, also neulich Abend wollte ich gerade mit ihr schlafen und da ist mir was ganz Dummes passiert«, erzählte ich.

»Du hast den Namen der anderen zu ihr gesagt. Den Namen von der im Norden«, sagte Pops, als könne es gar nicht anders sein.

Ich starrte ihn einfach nur an. Wie konnte er das wissen? »Woher wissen Sie das?«, fragte ich.

Er zuckte die Achseln. »Bin Hellseher. Ach was. Jedenfalls ist Posie dann ausgeflippt und hat es dir ordentlich gegeben. Stimmt's?«

»Ja.«

»Und jetzt sitzt du hier und hackst auf dir rum. Hältst dich für Kid Loser persönlich. Möchtest am liebsten im Meer versinken«, sagte Pops.

Ich antwortete nicht.

»Aber das wirst du nicht tun, Junge«, sagte er. »Dein kleiner Freund wird seine Chance noch bekommen.«

»Ja, das ist es ja gerade. Sophie – das ist das Mädchen aus Masthead – kommt in ein paar Wochen nach Orlando«, erklärte ich. »Sie möchte mich in einem Hotel treffen. In Disney World. Sie sagt, sie liebt mich.«

Pops Berman lächelte und klopfte mir auf den Rücken. »Wow!«, sagte er. Als ich nicht zurücklächelte, veränderte sich sein Gesichtsausdruck. »Was ist?«

»Ich kann doch nicht einfach abhauen und mit Sophie in irgendeinem Hotel rummachen!«, sagte ich.

»Natürlich kannst du das. Man kann fast alles«, sagte Pops.

»Ich nicht. Es fängt schon damit an, dass ich nicht genug Geld habe.«

»Wie viel brauchst du?«, fragte Pops.

»Um drei Tage im Hotel zu übernachten? Und zu

essen? Ich weiß nicht. Aber auf jeden Fall mehr, als ich beim Pizzaaustragen verdiene.«

Pops griff in seine Hosentasche und zog sein Portmonee heraus. »Wie wär's mit dreihundert? Meinst du, das reicht?«

Er hielt mir die Geldscheine unter die Augen – drei knisternde, neue Einhundertdollarscheine. Ich muss ihn wohl angesehen haben wie ein Auto.

»Ja, du hast Recht«, sagte er. »Besser, wir machen fünf daraus.« Er gab mir fünfhundert Dollar.

»Das kann ich nicht annehmen, Pops!«, sagte ich.

»Warum denn nicht, zum Teufel?«

»Fünfhundert Dollar?«

»Hör mal, Junge, ich hab Geld wie Heu«, sagte Pops. »Wofür soll ich fünfhundert Eier ausgeben? Etwa für Vitamine?«

»Ich kann Ihr Geld nicht annehmen«, beharrte ich.

»Verdammt noch mal«, sagte er. Er legte sich den Stock auf die Schulter, als wolle er mich damit schlagen. »Jetzt hör mir mal gut zu, Junge. Ich habe jetzt Monat für Monat zugesehen, wie du alles versaubeutelst. Jetzt kommt deine große Chance, alles wieder geradezubiegen. Du fährst nach Disney World und triffst dich mit diesem Mädchen im Hotel, gehst abends schön mit ihr essen, ihr dreht eine Runde im »Weltraum«, und dann lässt du deinen kleinen Freund zu Wort kommen, wie er noch nie zu Wort gekommen ist. Und wenn es vorbei ist, kommst du zurück und erzählst mir alles. Und wenn du nicht ganz genau tust, was ich dir sage, haue ich dich mit diesem Stock hier windelweich – so wahr mir Gott helfe. Hast du das verstanden, Junge?«

Ich starrte ihn an. Er sah aus wie eine merkwürdige Statue oder wie die Gallionsfigur eines Segelschiffs. Ich nickte und Pops setzte sich.

»Verdammt noch mal, jetzt habe ich Herzrasen wegen dir«, sagte er und presste sich die Hände auf die Brust.

»Ist alles in Ordnung, Pops? Sie werden mir doch jetzt nicht abkratzen, oder?«, witzelte ich, obwohl ich wirklich Angst hatte.

»Zum Teufel, wir kratzen alle mal ab«, sagte er. »Besser ich als du.«

»Aber ich meine, doch nicht jetzt gleich, oder?«

»Nein, nein«, Pops tätschelte mir den Rücken. »Heute noch nicht.«

»Ich sollte mich wohl bedanken«, sagte ich. »Für das Geld und überhaupt.«

»Vor allem solltest du die Klappe halten«, sagte Pops und hustete sich fast die Lunge aus dem Leib.

»Okay.«

Pops mag es wohl nicht, wenn man sich bedankt.

»Jetzt hör mir mal gut zu, Junge. Ich laufe schon reichlich lange hier auf der Welt rum und werde bald tot umfallen. Aber in der Zwischenzeit habe ich noch eine Aufgabe: nämlich dafür zu sorgen, dass du das Mannesalter nicht als totaler Idiot erreichst. Nimm jetzt dieses Geld und finde heraus, was es wirklich bedeutet, eine Frau zu lieben und von ihr geliebt zu werden. Wenn du das lernst, wird dein Leben vielleicht nicht ganz und gar verfehlt sein, und dasselbe kann ich dann auch von mir behaupten.«

Das machte mich wirklich traurig. »Finden Sie wirklich, dass Ihr Leben bisher verfehlt ist?«

»Nein, das habe ich nicht gesagt. Noch ist nicht alles verloren«, sagte Pops. »Ich habe ja immer noch dich, Junge. Ich setze jetzt alles auf dich.«

Ich sah raus aufs Meer. Unruhiger Wellengang. Vom Atlantik blies ein heftiger Wind landeinwärts. Es war ein komisches Gefühl, dass Pops »alles auf mich setzte«. Ich weiß nicht, ob ich diese Verantwortung tragen kann.

»Hey, Pops, was haben Sie eigentlich gemacht, bevor Sie Rentner wurden?«, fragte ich.

»Du meinst, vor einer Million Jahren? Als Grover Cleveland noch Präsident war?« Er lachte. »Feuerwehrmann. Auf Staten Island.«

»Wow. Sie waren Feuerwehrmann? Cool!« Ich hatte noch nie einen echten Feuerwehrmann getroffen.

»Ja, ja. Allerdings hätten wir die Hälfte aller Gebäude, die wir gelöscht haben, bis auf den Grund niederbrennen lassen sollen. Die reinste Beleidigung für die Augen.«

»Und waren Sie mal verheiratet?«, fragte ich. »Gibt es eine Mrs Pops?«

Pops starrte aufs Meer. Seine Brust hob sich und er stieß einen tiefen, schmerzlichen Seufzer aus.

»Nein, Junge. Es gibt keine Mrs Berman. Es sollte

mal eine geben, aber dann kam es nicht dazu.« Er sah mich an, griff noch mal in seine Hosentasche, zog seine Brieftasche raus und schlug sie auf. Ich sah das Foto einer wunderschönen jungen Frau. Es stammte wohl aus den Vierzigerjahren.

»Wow«, sagte ich. »Sie sieht toll aus.«

»Rosemary Mahoney«, sagte er. »Armeekrankenschwester.«

»Wow«, sagte ich noch einmal.

»Tot. Herzanfall mit zweiundzwanzig Jahren. Kaum zu glauben, was? Vollkommen gesunde junge Frau. Als sie eines Tages mit mir von der Fähre ging, legte sie plötzlich eine Hand aufs Herz und sagte: ›Oh, ich bin müde.‹ Und dann fiel sie um. Fiel einfach um. Tot, mitten auf der Straße. Das war 1948.«

»Und danach haben Sie nie mehr...«

»Nein«, sagte er. »Oh, nicht dass ich nicht noch oft an andere Mädchen gedacht hätte. Ich meine, ich wollte und alles, Junge. Aber das war wie als Kind mit meinem Hund. Als er starb, wollte mein Vater mir einen neuen kaufen. Aber ich sagte: ›Nein, verdammt noch mal, ich hatte schon einen Hund.‹«

Pops erhob sich. »Da haben wir den Salat. Jetzt sitze ich hier und rede über die Vergangenheit!« Er kletterte die Leiter runter und schwang seinen Stock. »Vergiss nicht, was ich dir gesagt habe. Mach diesem Mädchen eine schöne Zeit. Und dann kommst du wieder zurück und erzählst mir alles. Oder ich verpasse dir eine.«

Ich sah Pops Berman über den Strand zu den Niagara-Towers laufen. Normalerweise singt er, wenn er spazieren geht. Aber heute nicht.

```
America online
Instant Message von
Northgirl999, 14.12.
19:14 Uhr
```

Northgirl999: Hi Jonah!
JBlack94710: Hi Northgirl. Ist ein Weilchen her, dass ich von dir gehört habe.
Northgirl999: Ja, ich war weg.
JBlack94710: Weg? Wo?
Northgirl999: Nicht wichtig. Wie geht es dir? Ich habe gehört, du benimmst dich ein bisschen merkwürdig.
JBlack94710: Gehört? Von wem?
Northgirl999: Nicht wichtig.
JBlack94710: Du möchtest nicht, dass ich etwas von dir weiß, oder?
Northgirl999: Hmh, dass du nicht weißt, wer ich bin, ist das Einzige, womit ich dich bei der Stange halten kann.
JBlack94710: Wie meinst du das?
Northgirl999: Ich meine, wenn du wüsstest, wer ich bin, würdest du nicht mit mir reden.

JBlack94710: Warum würde ich dann nicht mit dir reden?

Northgirl999: Du redest ja noch nicht einmal jetzt mit mir. Ich bin unwichtig für dich. Ich bin noch nicht mal in deinem Radarfeld.

JBlack94710: Du meinst, du bist jemand, dem ich dauernd begegne?

Northgirl999: Ja.

JBlack94710: Aber nicht Pops Berman, oder?

Northgirl999: Wer?

JBlack94710: Und bitte sag mir, dass du nicht meine Schwester Honey bist.

Northgirl999: Hey, was ist mit deiner Schwester Honey? Sie ist doch ein Genie, oder?

JBlack94710: Ja.

Northgirl999: Wie kommt es dann, dass sie dauernd mit diesen Losern zusammen ist? Und ihr fast die ganze Zeit der Busen aus der Bluse kullert? Was soll das?

JBlack94710: Ich weiß nicht. Sie nennt es ihren persönlichen Stil.

Northgirl999: Und sie geht nach Harvard?

JBlack94710: Ja, sie haben ihre vorzeitige Bewerbung angenommen.

Northgirl999: Wow. Sie muss ja total aus dem Häuschen sein.

JBlack94710: Ich weiß nicht. Sie scheint sich ziemlich darüber zu ärgern, weil sie eben ein Genie ist, und meint, sie hätte sowieso keine andere Wahl, und alle würden es erwarten, dass sie da hingeht.

Northgirl999: Moment. Ist sie nicht deine kleine Schwester? Wieso geht sie dann schon aufs College?

JBlack94710: Sie hat eine Klasse übersprungen. Und ich bin nicht versetzt worden. Das habe ich dir doch schon mal gesagt.

Northgirl999: Tut mir Leid, dass ich den Finger in die Wunde gelegt hab.

JBlack94710: Hey, du hast mir meine Frage noch nicht beantwortet.

Northgirl999: Welche Frage?

JBlack94710: Du bist doch nicht Honey, oder?

Northgirl999: Deine Schwester? Igitt!

JBlack94710: Na ja, was soll's. Aber du bist doch ein Mädchen, oder? Versprich mir, dass du nicht Mr Davis bist oder so.

Northgirl999: Moment – ich checke das mal kurz. Ja, ich bin tatsächlich ein Mädchen. Und ich bin wirklich total verliebt in dich. Du bist echt heiß. Dabei weißt du das noch nicht mal.

JBlack94710: Warum sagst du mir nicht, wer du bist?

Northgirl999: Es gefällt mir, dass du das nicht herausfinden kannst. Deshalb musst du dich ja dauernd mit mir beschäftigen. Und das würdest du nicht tun, wenn du wüsstest, wer ich bin.

JBlack94710: Ich muss schon sagen, das finde ich viel besser als früher, wo du so getan hast, als kämst du aus Norwegen oder Schweden oder so.

Northgirl999: Da habe ich dich ganz schön drangekriegt, was, Jonah? ☺

JBlack94710: Und wer behauptet, ich wäre merkwürdig?

Northgirl999: Ist doch egal. Aber es stimmt. Du stehst total neben dir, oder?

JBlack94710: Ja, ist wohl so. Ich habe mit Posie Hoff Schluss gemacht.

Northgirl999: Ist nicht wahr!

JBlack94710: Doch, das stimmt.

Northgirl999: Jonah, bist du total verrückt? Posie ist das perfekte Mädchen. Nach mir, natürlich.

JBlack94710: Hmh, na ja, also ehrlich gesagt, hat sie ja auch Schluss mit mir gemacht.

Northgirl999: Warum?

JBlack94710: Weil sie gemerkt hat, wie verschossen ich in dieses Mädchen aus meinem alten Internat bin.

Northgirl999: Sophie?

JBlack94710: Meine Güte, du weißt ja wirklich alles. Hey, du bist doch nicht Dr. LaRue, oder?

Northgirl999: Wer?

JBlack94710: Leider stimmt das alles. Ich stehe irgendwie echt neben mir.

Northgirl999: Wirst du dich jemals wieder mit dieser Sophie treffen?

JBlack94710: Hm, ehrlich gesagt will sie, dass wir in ein, zwei Wochen ein Hotelzimmer in Orlando buchen.

Northgirl999: Wow. Voll krass.

JBlack94710: Und, soll ich das machen?

Northgirl999: Ich weiß nicht. Liebst du sie?

JBlack94710: Ich glaube schon. Aber ich kenne sie nicht wirklich. Sie ist irgendwie ein Rätsel.
Northgirl999: Hmh. Was, wenn nach einem Tag mit ihr im Hotel nichts Geheimnisvolles mehr an ihr ist? Wirst du sie dann auch noch lieben?
JBlack94710: Ich weiß nicht.
Northgirl999: Ich wünschte, ich wäre sie. Sophie. Ich kann nicht fassen, dass du ein Wochenende mit ihr im Hotel verbringen wirst. Einfach traumhaft. Klingt nach Zimmerservice, Kabelfernsehen und dann Disney World. Wie in diesem Land bei Pinocchio.
JBlack94710: Welches Land?
Northgirl999: Das Land, in dem sich alle Jungen in Esel verwandeln.
JBlack94710: Ach ja! Das Spielzeugland! Mann, das hat mir als Kind vielleicht Angst gemacht.
Northgirl999: Also mir gefiel's: Es gab dieses Riesenfest und dann wurden sie alle Esel. Ich wusste nie, wieso darum so ein Theater gemacht wurde: Es ist doch nicht schlimmer, ein Esel zu sein, als eine Holzpuppe.
JBlack94710: * LOL *.
Northgirl999: Jonah, es macht mich immer so heiß, mit dir zu chatten.
JBlack94710: Du bist jetzt heiß?
Northgirl999: Soll das ein Witz sein? Ich möchte mit dir in einem großen Bett sitzen, dich umarmen und küssen, bis du dir einen Ast ablachst.
JBlack94710: Hey, siehst du ein bisschen so aus wie

die Frau auf den Nacktfotos, die du mir geschickt hast?

Northgirl999: Das würdest du wohl gerne wissen.

JBlack94710: Du willst wohl gar nichts rauslassen, oder?

Northgirl999: Ach, Jonah. Du hast doch genug Fantasie.

JBlack94710: Stimmt eigentlich.

Northgirl999: Oh. Ich muss aufhören. Bis später.

JBlack94710: Warte. Komm zurück. Bleib da.

JBlack94710: Northgirl? Hallo?

16. Dezember

Und schon ist mein Plan, mich mit Sophie zu treffen, ins Wasser gefallen. Heute bin ich durch die Führerscheinprüfung gerasselt. Und jetzt weiß ich nicht, wie ich nach Orlando kommen soll. Allerdings bin ich mir nicht mal sicher, ob ich – wenn ich denn bestanden hätte – Phase zwei meines nicht sehr geheimen Topsecret-Plans hätte durchziehen können, die darin bestanden hätte, mir Honeys Jeep zu leihen. Aber darüber brauche ich mir jetzt wohl keine Gedanken mehr zu machen. Was soll ich tun? Mit dem Fahrrad fahren?

Das Seltsame ist, dass es irgendwie Sophies Schuld war, dass ich durchfiel. Ich saß also hinter dem Steuerrad von Moms Kombi und wartete auf den Prüfer. Da ging die Tür auf und eine Frau setzte sich auf den Beifahrersitz, und mein erster Gedanke war: Wow, die sieht ja nicht viel älter aus als ich. Ich hatte einen alten Knacker mit Klemmbrett erwartet, und nun erschien da stattdessen dieses sagenhafte Mädchen, das nicht mehr als achtzehn Jahre alt sein konnte, einen kurzen Rock mit blauen Blumen und ein weißes

T-Shirt trug. Nur das Namensschild über ihrer rechten Brust verriet, dass sie für das Straßenverkehrsamt arbeitete.

Auf dem Namensschild stand ihr Name, Miss Teasdale, und ich dachte: *Was sie wohl für eine Geschichte hat?* Ist sie von der Schule abgegangen und arbeitet jetzt als Fahrprüferin? Und wie kam das? Verbirgt sich dahinter vielleicht auch so ein Skandal wie bei mir? Ich fragte mich, ob sie überhaupt Miss Teasdale hieß. Es wäre doch immerhin möglich, dass sie einen falschen Namen auf das Schild geschrieben hatte, um die Jungs davon abzuhalten, sie zu Hause anzurufen. Nicht dass ich so was vorgehabt hätte, aber sie hatte total glänzendes Haar und war wirklich süß. Ich fragte mich, wie es wohl wäre, sie anzurufen und zu sagen: »Hey, ich bin der Typ, dem du letzte Woche den Führerschein ausgehändigt hast. Möchtest du vielleicht, also, hättest du Lust, mal auszugehen und, na ja, vielleicht eine kleine Spritztour mit dem Auto zu machen?«

Während ich den Sitz zurechtrückte, den Spiegel einstellte und die Handbremse löste, zeichnete Miss Teasdale was auf einen Zeichenblock – wie Sophie es immer getan hatte. Sie fing mit einem Baum an. Ich dachte an einen Ort in Valley Forge, ungefähr eine halbe Stunde von Masthead entfernt, wo es überdachte Brücken und Trauerweiden gibt. Wie cool es gewesen wäre, mit Sophie dort hinzugehen, am Bach zu sitzen, Steine ins Wasser zu werfen und dem hohlen melodischen *Plopp* zu lauschen, wenn sie ins Wasser fielen, und Sophie dabei die Weiden zeichnen zu sehen.

Sophie sagt zu mir: »Okay, würdest du bitte anfahren und dich in den Verkehr einordnen?«

Ich tat, wozu sie mich aufgefordert hatte, und wir fuhren auf der A1A Richtung Pompano Beach. Ich setzte den Blinker, um die Spur zu wechseln, und dachte: *Ich beachte alle Vorschriften.* DEN ÜBERBLICK BEHALTEN, DEFENSIV FAHREN, RÜCKSICHT AUF ANDERE NEHMEN und PRO FÜNF STUNDENKILOMETER EINE AUTOLÄNGE ABSTAND ZWISCHEN IHREM WAGEN UND DEM VOR IHNEN LASSEN.

Während ich die A1A hochfahre, streckt Sophie ihren Arm aus dem Fenster, wie einen kleinen Flugzeugflügel, hebt und senkt ihn, während wir Richtung Norden fahren. Dann zieht sie den Arm wieder ein und schaut auf ihre Fingernägel, die pechschwarz sind. Dann klappt sie den Sichtschutz herunter, öffnet den Spiegel und schaut nach, ob ihre Kontaktlinsen richtig sitzen. Ich versuche die Augen nicht von der Straße zu lassen, aber ein bisschen lenkt es schon ab.

Wir überqueren die Brücke über die 14. Straße und Sophie sagt: »Fahr auf den Highway Richtung Norden.«

Brav setze ich den Blinker und fahre die Route 1 am Pompano-Square-Einkaufszentrum vorbei. Wir fahren weiter, ohne zu reden, aber es ist kein unangenehmes

Schweigen: Wir fühlen uns total wohl, als würden wir uns wortlos verstehen.

»Du machst das sehr gut, Jonah«, sagt sie schließlich.

»Wirklich? Findest du?«

»Ja, wirklich«, sagt Sophie.

Wir fahren noch eine Weile herum, und gerade als wir an den Sea Ranch Lakes vorbeikommen, fängt sie an, in ihrer Tasche nach einem Kleenex zu suchen. Sieht so aus, als würde sie weinen, und ich denke, verdammt. Ich biege in eine Wohngegend ohne Verkehr ab, parke am Kai und frage: »Alles in Ordnung mit dir, Sophie?«

Sie antwortet: »Nein, es ist nicht alles in Ordnung.«

»Kenne ich den Grund?«

»Ich glaube schon, Jonah. Ich weiß einfach nicht, was ich dir sagen soll. Du bist meinetwegen von der Schule geflogen und hast nie jemandem von mir und Sullivan erzählt. Du hast dich praktisch für mich geopfert, weil du ein guter Kerl bist. Ich weiß nicht, wie ich dir danken soll, Jonah. Ich stehe total in deiner Schuld. Ich wünschte, ich wüsste, wie ich dich glücklich machen kann.«

»Es macht mich glücklich, einfach hier neben dir zu sitzen und mit dir zu reden.«

Auf einmal beugt Sophie sich vor und umarmt mich fett, und ich sie auch. Ich spüre durch das weiße T-Shirt ihren BH am Rücken, und ihre blonden Haare streifen über meine Wange. Sie hebt den Kopf und küsst mich und gibt dabei einen Ton von sich wie eine kleine Seemöwe. Einen kleinen Schrei. Ich schließe die Augen und spüre unsere Lippen, wie sie sanft aufeinander liegen.

Auf einmal krachte es fürchterlich, ich wurde gegen das Steuerrad geschleudert und sämtliche roten Lampen auf dem Armaturenbrett begannen zu blinken.

Der Typ, den ich angefahren hatte, stieg aus seinem Auto. Es war ein Lincoln Continental, nobles Ding. Miss Teasdale wandte sich mir zu und sagte wütend und enttäuscht: »Sie bleiben hier sitzen, Mr Black.«

Lange hockte ich da und dachte immer nur: BLÖD BLÖD BLÖD. Schließlich stieg Miss Teasdale wieder ins Auto und sagte: »Bitte fahren Sie zurück zum Straßenverkehrsamt.«

Glücklicherweise hat Moms Auto nichts abgekriegt, aber der Lincoln war ziemlich verbeult.

»Ich nehme an, das bedeutet, dass ich nicht bestanden habe, oder?«, fragte ich, obwohl das ja mehr als klar war.

Und Sophie sieht mich traurig an und sagt: »Das nehme ich leider auch an.«

```
America Online Mail
16.12, 21:43
```

An: JBlack94710@aol.com
Von: BetsD8@MastheadAcademy.edu

Hey, Jonah, hier ist Betsy Donnelly, erinnerst du dich noch an mich? Bestimmt. Ich habe ein schlechtes Gewissen, weil ich dir nie geschrieben habe, seit du Masthead verlassen hast, aber was soll's. Es war komisch, dass ich heute gerade an dich gedacht habe, an das, was du für Sophie O'Brien getan hast und so. Alle Mädchen hier in Masthead sind dir wahnsinnig dankbar, und wenn du jemals wieder hierher kämst, um uns zu besuchen, würdest du feststellen, dass du hier so was wie ein großer Held bist. Ich weiß nicht, ob du gehört hast, dass Sullivan diesen Herbst nicht wieder zurück nach Masthead gekommen ist. Er ist auf der Militärakademie von Valley Forge, was ihm ganz recht geschieht, wenn du mich fragst. Letztes Wochenende habe ich ihn in Wayne bei Harrison's gesehen: Er hatte eine bescheuerte Uniform an und war auf dem Kopf so gut wie kahl rasiert, und ich dachte, na, der hat noch was vor sich!

Na ja, jedenfalls habe ich mich heute ein bisschen mit Sophie unterhalten, und sie war so merkwürdig, wie sie eben immer ist, und hat mir erzählt, dass sie mit dir telefoniert hat und in den Ferien nach Florida fährt, um dich zu sehen. Das klingt unglaublich romantisch. Du musst ja total aus dem Häuschen sein.

Aber ich will dir was dazu sagen, wenn es vielleicht auch total daneben ist, dass ich dir auf einmal so aus dem Nichts schreibe: Ich finde, Sophie ist wirklich ein total seltsames Mädchen. Da kommt etwas total Eigenartiges von ihr rüber. Ich kann es nicht genau erklären, deshalb ist es vielleicht auch blöd, das zu schreiben.

Aber wenn du dich mit ihr triffst, sei vorsichtig. Denn irgendwas stimmt auf alle Fälle nicht mit ihr, und ich möchte nicht, dass sie dir wehtut. Ich finde, sie hat schon genug bei dir angerichtet.

Also, das ist mir durch den Kopf gegangen, und wenn es falsch war, dir das zu schreiben, tut es mir Leid, aber ich dachte, du solltest es wissen.

Du kannst mich jederzeit anrufen, wenn du darüber reden möchtest. Ich bleibe in den Weihnachtsferien hier – nur ich und noch zwei andere Mädchen aus unserem Schlafsaal –, da freue ich mich, wenn ich mit jemandem reden kann.

Alles Liebe,
Bets

17. Dezember, 16:21 Uhr

Also morgen ist der große Wettkampf gegen die Ely, und ich muss sagen, ich bin total aufgeregt, auch wenn ich jetzt schon weiß, dass wir verlieren werden. Ich weiß, dass ich gut sein kann, aber der Rest des Teams ist total lahm. Ich weiß, so schwarz auf weiß klingt das fürchterlich, aber es stimmt.

Ich habe ein ganz komisches Gefühl wegen der E-Mail von Betsy Donnelly. Ich meine, es war toll, von ihr zu hören. Es ist das erste Mal, dass mir jemand aus Masthead geschrieben hat, seit ich rausgeflogen bin.

Aber zuerst hat ihre Mail mich wütend gemacht – ich dachte, was glaubt Betsy, wer sie ist, jetzt auf einmal so aus der Versenkung aufzutauchen und mich zu warnen? Aber Sophie vermittelt mir dasselbe Gefühl wie ihr. Sie ist auf jeden Fall ein bisschen abgedreht. Aber genau in dieses Abgedrehte bin ich verliebt. Das ist doch nicht verkehrt, oder?

Als ich heute von der Schule nach Hause kam, war keiner da, also habe ich das Porpoise Hotel in Orlando angerufen und ein Zimmer gebucht. Ich weiß noch nicht, wie ich da hinkommen soll, aber fahren werde ich auf jeden Fall. Ich wurde gefragt, was für ein Bett ich will, und antwortete: »Kingsize«, und da fragte die Dame: »Nur für eine Person?«, und ich sagte: »Ja.« Ich liebe große Betten. Als ich klein war und Mom und Dad noch zusammen waren, hatten sie auch ein Kingsize-Bett. Honey und ich sind immer darauf herumgehopst, als wäre es ein Trampolin. Wahrscheinlich hat Dad immer noch so ein Bett. Irgendwie unheimlich, sich vorzustellen, dass er jetzt mit Tiffany darauf schläft statt mit Mom.

Ich beschloss Sophie anzurufen und ihr zu sagen, dass ich kommen würde, und alles Weitere mit ihr zu regeln. Man kann sie nur über das Schlafsaaltelefon erreichen. Ich konnte es mir genau vorstellen, während es klingelte – das einzige Telefon am Ende des Korridors.

Endlich nahm jemand ab und ich fragte nach Sophie. Das Mädchen, das abgenommen hatte, sagte: »Eine Sekunde.« Ich hörte, wie ihre Schritte sich auf dem Flur entfernten, und konnte alles genau vor mir sehen – den schwarz-weiß gekachelten Boden und die Neonröhren. Ich roch förmlich den typischen Flurgeruch – als müsse da jemand dringend mal seine Wäsche waschen. Ich hörte die Geräusche, die durch das Telefon drangen, und dachte die ganze Zeit: *In einer Minute hält Sophie den Hörer ans Ohr.*

Ich hörte die Stimme des Mädchens, das ans Telefon gegangen war. Sie sagte zu jemandem: »Es ist ein Junge.« Dann hörte ich herannahende Schritte auf dem Flur und dachte: *Sie kommt.*

Sophie nahm den Hörer und sagte: »Hallo?« Ihre Stimme klang, als müsste sie nach einer langen Nacht auf der Rolle dringend ins Bett.

»Ich bin's«, sagte ich.

»Wer?«

»Jonah. Jonah Black.«

Plötzlich lebte sie auf: »Oh, Jonah! Wie geht es dir?«

»Gut«, sagte ich.

»Was gibt's?«

»Also, ich wollte dir sagen, dass ich ein Zimmer gebucht habe. Im Porpoise. Vom Siebenundzwanzigsten auf den Achtundzwanzigsten. Ich weiß allerdings noch nicht, was ich meiner Mutter sagen soll. Und wie ich hinkomme. Aber ich habe es auf jeden Fall schon mal gebucht.«

Langes Schweigen. Auf einmal schoss mir durch den Kopf: *Oh nein, sie ist genervt. Sie hat nicht damit gerechnet, dass ich das wirklich in die Tat umsetzen würde.*

Aber da sagte sie: »Oh, das ist wirklich toll, Jonah. Ich kann es nicht fassen, dass wir zusammen sein werden!«

»Ich weiß«, sagte ich. Ich konnte es ja auch nicht fassen.

»Ich glaube, wir kommen schon am Sechsundzwanzigsten abends an. Dann finde ich am nächsten

Tag deine Zimmernummer heraus und rufe dich an, okay?«, sagte sie.

»Du willst mich in meinem Zimmer anrufen?« Meine Stimme zitterte ein bisschen.

»Ja. Um wie viel Uhr kommst du am Siebenundzwanzigsten an?«, fragte sie.

»Das weiß ich noch nicht. Ich weiß noch nicht mal, wie ich hinkommen soll. Aber daran arbeite ich ab jetzt. Ich hoffe, ich schaffe es so um die Mittagszeit, so eins oder zwei.«

»Okay. Dann könnte ich dich doch um halb drei anrufen? Wie fändest du das?«

»Gut«, sagte ich. Einfach super.

»Ich kann es kaum erwarten, dich zu sehen. Ich denke die ganze Zeit an dich«, sagte sie.

»Ich denke auch oft an dich, Sophie. Ich habe ein Zimmer mit Kingsize-Bett.« Meine Güte, wie blöd von mir, das zu sagen. Ich bin der allerletzte Volltrottel.

»Das klingt gut«, sagte Sophie und fand mich offenbar gar nicht blöd. »Ich kann es kaum erwarten, neben dir zu liegen.«

Ich dachte, ich würde tot umfallen. Dann fuhr sie fort: »Ich möchte natürlich auch nach Disney World. Warst du schon mal da, Jonah?«

Ich war wirklich schon mal da gewesen, aber beim letzten Mal muss ich ungefähr zehn gewesen sein.

»Klar«, sagte ich. »Ich kann dir alles zeigen.«

»Das wäre schön«, sagte Sophie. Dann entstand

wieder eine lange Gesprächspause. Ich konnte hören, wie sie atmete. »Ich kann immer noch nicht glauben, dass du wirklich bist«, sagte sie schließlich mit verträumter Stimme.

»Ich bin wirklich«, sagte ich. »Und du?«

»Ich weiß nicht«, sagte sie mit zittriger Stimme. »Ich versuche es auf jeden Fall zu sein.«

Ich dachte an die E-Mail, die Betsy mir geschickt hatte, und hätte wirklich gern gesagt: *Komm, Sophie. Was ist los mit dir?* Aber ich wusste nicht, wie ich es sagen sollte, ohne fies zu klingen.

Dann hörte man plötzlich näher kommende Stimmen auf dem Flur. Einige davon waren Jungenstimmen. »Moment mal«, sagte Sophie. Dann wurde alles ganz dumpf, aber ich konnte Sophies Stimme noch von denen der anderen unterscheiden. Dann nahm sie die Hand wieder von der Sprechmuschel. Im Hintergrund wurde gelacht und Sophie lachte auch.

»Hallo?«, sagte ich.

»Entschuldige«, sagte Sophie zu mir.

»Wer war das?«, fragte ich.

»Ach, du weißt schon. Die üblichen Masthead-Trottel«, antwortete sie.

»Ich kann es mir vorstellen«, sagte ich. Aber dann rief jemand etwas im Hintergrund, und Sophie antwortete: »Halt den Mund!«

»Ich kann es nicht fassen, dass ich dich bald sehe«, sagte sie noch einmal.

»Ich auch nicht.«

»Na ja. Ich glaube, ich muss jetzt auflegen. Bis zum Siebenundzwanzigsten, Jonah. Ich kann es kaum erwarten.«

Ich sagte, ich könnte es auch kaum erwarten, und Sophie sagte: »Tschüss«, und dann war die Leitung tot. Ich saß noch eine Weile in meinem Zimmer und lauschte dem toten Geräusch, bevor ich dann auch auflegte.

(Immer noch 17. Dezember, 23:31 Uhr)

Jetzt habe ich Mom angelogen. Ich habe gewartet, bis sie vom Radiosender kam, und ihr erzählt, ich hätte am Siebenundzwanzigsten ein Bewerbungsgespräch an der Universität von Florida. Ich habe ihr erzählt, dass Thorne sich dort beworben hätte und ich denken würde, dass ich mir vielleicht einen Vorsprung verschaffen könnte, wenn ich mir schon mal ein paar Colleges ansah. Ehrlich gesagt habe ich Thorne noch nicht gefragt, aber ich weiß, dass er sich die UCF irgendwann mal ansehen will, also warum nicht am Siebenundzwanzigsten? Mom war wieder mal sentimental drauf. Sie umarmte mich und fing an zu weinen, und ich fragte: »Warum weinst du, Mom?«

»Weil ich so froh für dich bin. Mein kleiner Jonah ist schon ganz erwachsen!«, sagte sie und wischte sich mit einem Papiertaschentuch die Augen.

»Ich bin noch nicht ganz erwachsen. Erstens bin ich immer noch in der Elften...«, fing ich an, aber da klingelte ihr Handy wieder.

»Bla, bla«, sagte sie und hob Ruhe gebietend die Hand. »Ist wichtig.« Sie ging in ihr Schlafzimmer und schloss die Tür. Es war klar, dass Mr Bond dran war, denn kaum war die Tür zu, fing sie an zu säuseln.

Ich finde es deprimierend, wie einfach es ist, seine Eltern anzulügen. Ich weiß noch, als ich ein kleiner Junge war, sagte Dad immer: »Wenn du jemals lügst, sehe ich dir das an.« Ich weiß nicht mehr, warum ich ihm glaubte, aber es klang ziemlich unheimlich, so als hätte er so eine Art Drüse, die Alarm schlagen würde, wenn ich ihn je anlügen würde. Also tat ich es nicht und lebte jahrelang in der Furcht, wenn ich jemals schwindelte, würde er das merken. Erst Jahre später entdeckte ich, dass es Dad war, der gelogen hatte, als er gesagt hatte, er wüsste, wann ich lügen würde. Es stellte sich heraus, dass er nicht die leiseste Ahnung hatte, was der Unterschied zwischen Wirklichkeit und Lügengeschichte war.

Ich erinnerte mich an ein Mal, als ich ungefähr sieben und Honey sechs war. Wir hatten einen Hund namens Toby, der plötzlich starb. Dad hatte mir erzählt, dass der Hund auf dem Bauernhof von Dr. Boyers, der Tierärztin, begraben lag. Jahre später wurde mir klar, dass Toby wahrscheinlich bei Dr. Boyers verbrannt und dann in alle Winde verstreut worden war. Aber Dad hatte es damals so dargestellt, als gäbe es auf Dr. Boyers Hof tatsächlich einen Grabstein, auf dem TOBY stand. Also gingen ich und Honey eines Tages hin und sahen nach. Dr. Boyers wohnte auf einem riesigen alten Bauernhof, der ziemlich heruntergekommen war, und irgendwie verirrten wir uns auf dem Grundstück und stolperten auf der Suche nach Tobys Grabstein herum, den wir uns ziemlich groß vorstellten: Toby war ein Bernhardiner gewesen.

Jedenfalls kam dann Dr. Boyers, die übrigens, wie ich jetzt glaube, lesbisch war, wenn ich damals auch nicht wusste, was das heißt, und fragte uns, was »wir Kinder« auf ihrem Grundstück zu suchen hätten. Wahrheitsgemäß antworteten wir, wir würden Tobys Grabstein suchen, weil wir gehört hätten, dass er hier begraben läge. Aber da lachte Dr. Boyers nur und sagte: »Sagt lieber die Wahrheit. Das ist ja wirklich die schlechteste Lüge, die ich je gehört habe.« Und dann verjagte sie uns von ihrem Grundstück und schrie uns an, weil wir einfach rübergekommen waren.

Ich weiß noch, dass das wirklich mein Weltbild veränderte, denn als Kind denkt man ja, das Einzige, worauf man zurückgreifen könne, wenn gar nichts mehr geht, wäre die Wahrheit. Aber dieses Mal hatten wir die Wahrheit gesagt und diese Erwachsene hatte es trotzdem für eine Lüge gehalten. Also machte es absolut keinen Unterschied, ob man nun die Wahrheit sagte oder nicht. Eine ziemlich schlimme Erfahrung. Als ob ein Naturgesetz aufgehoben worden wäre und es plötzlich keine Schwerkraft mehr gegeben hätte. Von da ab musste ich in einer Welt leben, in der Die-Wahrheit-Sagen keinen zuverlässigen Schutz mehr bot.

18. Dezember, 23:53 Uhr

Dass dieser Wettkampf es in sich haben würde, wurde mir zum ersten Mal klar, als Wailer – Señor Bauchklatscher – den doppelten Salto mit anderthalbfacher Drehung zustande brachte. Sein Sprung war einfach perfekt.

Die Menge, samt Honey, Thorne und Posie, rastete völlig aus, wenn auch immer noch nicht genug angesichts von Wailers Leistung. Ich war echt ziemlich stolz auf ihn. Er hatte diesen Sprung ohne Ende trainiert, und das eine Mal in seiner Springerkarriere, als es wirklich drauf ankam, gelang er ihm.

Er strahlte über das ganze Gesicht, als er aus dem Wasser kam, und alle auf der Bank klatschten ihn ab und gratulierten ihm. Mr Davis sah ihn einfach nur an und sagte: »Sie stecken voller Überraschungen, nicht wahr?«

Dann wurden die Punktzahlen bekannt gegeben und sie waren gut. Mr Davis war glücklich – das waren wir alle. Unser Trainer sah zu mir rüber und nickte, als ob er sagen wollte: *Sie haben ihm geholfen, das zu ler-*

nen, Jonah. Gute Arbeit. Es war irgendwie aufregend. Aber als ich Wailer dann ansah, schaute er hoch zur Tribüne zu Posie. Sie bemerkte es nicht – sie war ins Gespräch mit Thorne vertieft –, aber mir war klar, dass Wailer immer noch versuchte, sie zu beeindrucken. Vielleicht sogar wieder mehr, seit Posie und ich Schluss gemacht hatten und sie wieder frei war.

Ich sah aber auch, dass *Die den Jungen beim Springen zusieht* hinter Posie und Thorne saß. Das ist das Mädchen, das immer zum Schwimmtraining kommt und sich auf die Tribüne setzt. Das ist natürlich nicht ihr wirklicher Name. Ich weiß nicht, wer sie ist, aber sie sieht indianisch aus. Sie bemerkte, dass ich sie ansah, und strahlte übers ganze Gesicht. Dann winkte sie mir irgendwie schüchtern zu. Wow, dachte ich, cool.

Dann stand der Springer von der Ely auf, den alle nur »Fats« Cleveland nennen. Es ist immer lustig, ihm zuzugucken, weil er so riesig ist. Normalerweise haben Springer ja einen ganz anderen Körperbau. Meistens sind seine Sprünge ziemlich simpel, aber er ist enorm kontrolliert für jemanden, der ungefähr so groß ist wie ein Bus. Er führte denselben Sprung vor wie Wailer, was überraschend kam, weil ich ihn vorher noch nie etwas so Schwieriges habe springen sehen.

Und die Saltos waren besonders hart für ihn: Es ist nicht leicht, so viel Gewicht herumzuschwingen, besonders wenn die Körperkraft fehlt. Aber trotz allem muss ich zugeben, dass es irgendwie cool war, ihm zuzuschauen: Ein riesig dicker Junge, der in der Luft herumwirbelte – das hatte was. Fats' Sprung war technisch weit davon entfernt, perfekt zu sein, aber dass er etwas Neues versuchte, genügte, ein paar Punktrichter zu erweichen. Und das spiegelte sich prompt in den Punktzahlen wider. Aber das fand ich irgendwie total ätzend. Ich meine, ich bin wirklich dafür, dass man versucht, über sich selbst hinauszuwachsen, aber ich finde trotzdem nicht, dass man jemandem 9,1 für einen 4,5-Sprung geben sollte, nur weil er riesengroß ist.

Na ja, jedenfalls zeigte Martino Suarez seinen normalen Rückwärtssalto, und der Nächste von der Ely ebenso, nur dass er noch ein bisschen besser war. Die Zuschauer flippten aus. Es war wirklich aufregend. Ich springe gerne gegen ein so gutes Team wie das von der Ely, weil man sich dann noch ein kleines bisschen mehr anstrengt. Bemerkenswert, dass ungefähr fünfundneunzig Prozent der Ely-Fans schwarz waren, während fünfundsiebzig Prozent der Don-Shula-High-Fans weiß sind. Das ist noch etwas, was mir am Sport gefällt – er bringt alle zusammen. Jedenfalls war der Wettkampf superspannend. Wir lagen Kopf an Kopf.

Unsere Jungs schnitten besser ab als erwartet und bei der Ely passierten ein paar Pannen. Nachdem der Überraschungseffekt vorbei war, fingen die Punktrichter an, Fats für seine technische Leistung Punkte abzuziehen. Als schließlich nur noch die beiden letzten Springer – ich und Lamar Jameson – übrig waren, herrschte Gleichstand.

Lamar stieg auf das hohe Sprungbrett. Er ist so verdammt groß gewachsen. Sogar seine Ohren scheinen aus Muskeln zu bestehen. Er marschierte bis ans Ende des Sprungbretts und sah mir breit grinsend ins Gesicht. Dann drehte er sich um und balancierte am Rande des Brettes auf den Zehenballen, die Füße geschlossen. Seine Fersen ragten in die Luft.

Ganz still wurde es. Er streckte die Arme seitwärts aus wie ein Vogel: wunderschön. Lamar ist immer gut, aber ich hatte noch nie erlebt, dass er das Publikum derart in seinen Bann geschlagen hätte. Alle wollten, dass er es gut machte, sogar die, die auf unserer Seite waren. Er drückte das Brett nach unten und schnellte dann hoch, reckte sich bis hoch an die Decke und drehte seinen Körper einmal ganz herum. Dann legte er die Arme an, beugte den Kopf und wirbelte herum – einmal, zweimal, zweieinhalbmal. Schließlich hob er die Arme wieder über den Kopf, schoss wie ein Pfeil nach unten und tauchte perfekt ins Wasser ein.

Die Leute tobten. 9,1/9,2/9,0/9,1/9,2.

Jetzt war ich an der Reihe. Das Irre war, dass Lamar und ich beide genau denselben Sprung angemeldet hatten. Und als ich die Leiter hochstieg, dachte ich: *Ob Lamar wusste, dass ich das vorhatte, und deshalb einen Sprung angemeldet hat, von dem er nicht glaubt, dass ich ihn so gut springen kann wie er?*

Nicht dass ich einen zweieinhalbfachen Salto rückwärts mit ganzer Drehung nicht könnte, aber es ist nicht gerade mein Lieblingssprung. Er sprengt einem irgendwie das Hirn. Besonders am Anfang, wenn man mit dem Rücken zum Becken abspringen und dabei am Rande des Brettes auf den Zehen balancieren muss. Das macht mir keine Angst, ist nur noch ein Ding mehr, für das man sich in Stimmung bringen muss.

Da stand ich also am Rande des Brettes und mein halber Körper hing in der Luft. Ich versuchte, alle Gedanken total auszuschalten und mich einfach nur auf den Sprung zu konzentrieren.

Aber das gelang mir nicht. Stattdessen fielen mir wieder die letzten paar Wettkämpfe ein, bei denen ich im kritischen Moment nur an Sophie denken konnte. Und dieses Mal war es nicht anders.

Ich dachte an Sophie und mich in dem Hotel in Orlando und wie sie wohl nackt aussah. Sie hat ganz feine blonde Härchen auf den Armen, die ihre Haut ganz weich machen. Ich küsse sie direkt in die Ellenbogenbeuge, und ihre Haut schmeckt so, wie Gänseblümchen duften.

Ich hörte die Menge unter mir raunen, und mir wurde bewusst, dass ich schon lange am Rande des Brettes gestanden und die Konzentration verloren hatte.

Ich konnte auf keinen Fall springen, bevor mein Kopf nicht ganz klar war, und auf einmal bekam ich wirklich Angst, als ob ich vergessen hätte, wie man springt, und auch gar nicht wüsste, warum ich da stand. Ich war mir sicher, dass ich alles vermasseln würde. Ich versuchte, alles von mir abfallen zu lassen.

Ich streckte die Arme zur Seite. Ich spürte, wie meine Arme sich um Sophies nackten Rücken schlossen, der ganz weich und zart ist. Ich spüre ihre Brüste an meiner Brust und ihr Haar auf meiner Schulter. Ich spüre ihre Lippen auf meinem Hals. Sie küsst mich sanft, und ich frage mich: *Denkst du jetzt gerade an mich, Sophie, dort oben in Pennsylvania? Wirst du gerade angestarrt, und die Leute fragen sich, warum du jetzt nicht springst, wie man es von dir erwartet?*

Dann dachte ich: *Los, Jonah, spring jetzt. SPRING JETZT.*

Endlich drückte ich das Brett nach unten und schnellte Richtung Decke. Ein Bilderbuchsprung. Wie aus dem Lehrbuch. Ich wünschte, Sophie wäre da gewesen. Wenn sie sehen könnte, wie gut ich springen kann, würde sie sich vielleicht noch mehr in mich verlieben.

Ich hörte schon unter der Wasseroberfläche, wie die Leute tobten. Ich liebe es, den gedämpften Jubel zu hören, der immer lauter wird, je mehr man auftaucht. Ich stieg aus dem Becken und sah Lamar Jameson an, der mit ganz ernstem Gesicht auf der Bank saß. Aber dann grinste er auf einmal von einem Ohr zum andern, zeigte auf mich und schüttelte den Kopf, als wollte er sagen: *Du bist verdammt gut, du Bastard.*

9,1/9,3/9,0/9,1/9,2.

Ich hatte ihn um einen Zehntelpunkt geschlagen. Alle flippten völlig aus. Wir hatten den Wettkampf gewonnen. Die ganze Halle tobte. Es war wie am Ende des Zweiten Weltkriegs, als die Matrosen sich Mädchen griffen, die sie nicht kannten, und sie einfach küssten. Die Jungs von der Ely waren alle total fertig, bis auf einen. Ich glaube, er wusste, dass er super war, aber dieses eine Mal hatte ich ihn ausgetrickst. Aber er wusste wohl auch, dass wir uns wieder begegnen würden und dass er mich früher oder später kriegen würde.

Ich glaube, er wusste auch, wie nahe dran ich gewesen war, wieder Mist zu machen.

Unsere Teams gingen der Reihe nach aneinander vorbei und schüttelten sich die Hände. Lamar und ich waren die Letzten in der Reihe. Er drückte meine Hand ganz fest und schaute mich dann ganz komisch an.

»Okay«, sagte er zu mir. »Du bist gut.«

»Okay«, gab ich zurück. »Du auch.«

Dann gingen wir alle Richtung Garderobe. Ich schaute hoch zu den Tribünen, um zu sehen, was *Die den Jungen beim Springen zusieht* gerade tat, aber sie war nicht mehr zu sehen.

Ebenso wenig wie Posie.

19. Dezember, 10:30 Uhr

Ich hocke in Geschichte, und wir hängen bei einer Reihe von Präsidenten nach dem Bürgerkrieg fest, die fast alle Säufer waren. Rutherford B. Hayes, Garfield, Arthur, Cleveland, Harrison, noch mal Cleveland – als ob einer nicht reichen würde. Und was ist mit dem ganzen Chester-Alan-Arthur-Ding? Ich meine, gab es wirklich einen Präsidenten, der Arthur hieß??? Wirklich, ich meine, wen wollen sie eigentlich verarschen?

Ich frage mich, ob unsere Zeit eines Tages auch auf jemanden so wirken wird. Ob jemand auf Ford, Carter, Reagan, Bush, Clinton und Bush junior zurückblickt und dann fragt: *Wer war das denn?*

Hinter mir sitzt ein Mädchen namens Lauren Spellman. Sie hat vollkommene Knie. Sie sind total braun und es ist echte Bräune, keine künstliche aus der Tube. Ich möchte sie warnen: *Hör mal, du kaufst dir besser ein Sonnenschutzmittel, es ist nicht gut für dich, die ganze Zeit der Sonne ausgesetzt zu sein.*

Sie sagt: »Oh, Jonah, du bist so rücksichtsvoll. Ich

meine, ich war schon mit vielen Jungs zusammen, aber bis jetzt hat sich noch nie jemand Gedanken darüber gemacht, ob ich Krebs bekommen könnte oder so.«

Und ich sage: »Hm, Sophie, du solltest auf dich aufpassen.«

Sie antwortet: »Ich versuche es, aber es ist schwer.«

Ich berühre sie am Arm und die Haare darauf sind so weich wie Waldmoos und die Sonne hat ihre Haut gewärmt. Sie beugt sich vor und legt mir eine Hand auf die Wange und ich spüre jeden einzelnen Finger.

Jetzt sind wir beim Spanisch-Amerikanischen Krieg und Mr Bond erzählt uns von dem Kriegstreiberspruch *Denkt an die »Maine«!* Amerikanische Kriegsschiffe wurden oft nach Bundesstaaten benannt, und nachdem die Spanier die »Maine« im Krieg versenkten, wurde das unseren Soldaten mit diesem Spruch immer wieder mahnend ins Gedächtnis gerufen.

Maine – Sophie kommt aus Maine. *Denkt daran?* Als ob ich das je vergessen könnte.

(Immer noch 19. Dezember, etwas später)

Ich sitze in der Cafeteria, und ratet mal, was es schon wieder zum Mittagessen gibt. Hier an der guten alten Don Shula High ist jeden Tag Pizzatag. Es gibt Pizzastangen, diese Brotstangen, die man in eine kleine Schüssel mit Soße taucht, und Pizzakringel, die aussehen wie Bagelpizzas. Manchmal gibt es auch einfach nur Pizzaecken, gelegentlich sogar welche mit scharfer Salami. Ich meine, ich mag Pizza. Ist sogar eins meiner Lieblingsgerichte. Aber wenn es jeden Tag Pizza in der Schule gibt und man dann nach der Schule auch noch Pizza ausfährt, reicht es irgendwann. Genug ist genug.

Komisch, dass alle Mädchen mittags Salat essen. Ich glaube nicht, dass ich schon mal ein Mädchen gesehen habe, das Pizza gegessen hätte. Sie drapieren sich Salatblätter auf den Teller und essen sie entweder ohne Soße (was ungefähr das Scheußlichste ist, was ich mir vorstellen kann) oder sie löffeln sich das Dressing an die Seite, nehmen fettreduzierte Vinaigrette oder leisten sich als größten Luxus einen Jogurt. Ich finde es schade, dass Mädchen es sich nicht erlauben, Essen zu genießen. Es gibt ein paar richtig Dünne in meiner Klasse, wie Tina Cleveland, die nicht mehr als sechsundvierzig Kilo wiegen kann. Sie isst nie etwas anderes als trockenen Salat und nach der

Schule geht sie zum Sport und strampelt alles wieder ab.

Es heißt, dass magersüchtige Mädchen sich nicht richtig wahrnehmen können – sie schauen in den Spiegel und sehen eine ganz dicke Person. Das ist echt traurig, aber ich glaube, ich kann es irgendwie verstehen. Sich selbst so zu sehen, wie man wirklich ist, ist schwer. Ich meine, was sehen die Leute zum Beispiel in mir? Einen Sportler, weil ich ein guter Turmspringer bin? Oder jemanden, der denkt, er stünde über allem, weil er eigentlich in der Zwölften sein müsste, aber erst in der Elften ist? Oder halten sie mich für einen Loser, der in Pennsylvania von der Schule geworfen wurde, wieder zurück nach Pompano kommen und die elfte Klasse wiederholen musste? Kann man daran, wie ich meine Pizza esse, sehen, dass ich noch Jungfrau bin? Wer weiß.

(Immer noch 19. Dezember, 16:40 Uhr)

Thorne lehnte an seinem Beetle, als ich vom Schwimmtraining kam – dem letzten vor den Ferien. Er lächelte und sagte: »Jonah, Kumpel. Wie geht's denn so?«

»Gut«, sagte ich.

»Wie fühlt man sich so als Held der ganzen Schule?«

»Ich bin kein Held«, wehrte ich ab.

»Was? Nachdem du diesen Wettkampf gewonnen hast? Du bist doch unser Goldjunge! Mann, wenn ich du wäre, würde ich nur noch absahnen!«

»Wer sagt, dass ich das nicht auch tue?«

Thorne lächelte nur. »Was machst du jetzt? Sollen wir ein bisschen rumfahren?«

Ich sagte Ja und wir setzten uns in den Beetle und fuhren los. Thorne nahm die A1A Richtung Süden und wir ließen die ganzen teuren Hotels und das Meer an uns vorbeiziehen. Die Wellen schlugen an den Strand.

»Ich hab gehört, du bist durch deine Führerscheinprüfung gefallen«, sagte Thorne.

Unglaublich, dass er das schon wieder wusste! Ich hatte keinem erzählt, dass ich die Prüfung überhaupt machen würde! Wie gelingt es Thorne nur, immer über alles Bescheid zu wissen?

»Thorne, woher weißt du das? Also, wirklich!«

»Hat Dominique mir erzählt.«

»Dominique?« Es gibt niemanden an der Don Shula, der Dominique heißt.

»Dominique Teasdale. Deine Prüferin.«

Ich dachte an Miss Teasdale, ihr glänzendes braunes Haar und wie sie sich aufgeregt hatte, als ich den Unfall baute. Thorne hatte mir schon erzählt, dass er ein neues Mädchen kennen gelernt hatte, aber er hatte mir nicht gesagt, wer sie war. Manchmal ist er mir echt unheimlich.

»Wie willst du nach Orlando kommen?«, fragte er.

»Um mit Sophie eure kleine Disney-Hotel-Orgie abzuhalten?«

»Ich weiß nicht«, sagte ich. »Jetzt, wo ich durch die Prüfung gefallen bin, ist das irgendwie ein Problem. Ich habe noch keine Alternative.«

»Aber ich«, sagte Thorne. »Wie wär's, wenn ich dich fahren würde?«

»Im Ernst?« Ich tat überrascht, obwohl ich ihn ohnehin hatte fragen wollen. Entweder ihn fragen oder Moms Auto klauen und ohne Führerschein fahren, was natürlich reichlich behämmert gewesen wäre. Aber im Grunde war ja die ganze Aktion mit Sophie in Disney World ziemlich behämmert. »Ginge das?«

»Warum denn nicht, Mann? Ich wollte mich sowieso mal an der UCF umsehen und vielleicht auch schon mal das eine oder andere Gespräch führen«, sagte er. »Betrachte es einfach als Geschenk, Jonah. Betrachte mich als deinen persönlichen Mr-Cupido-Kumpel.«

Ich sah ihn an: seine verwuschelten Haare, seinen Spitzbart und sein fettes Grinsen. »Mr-Cupido-Kumpel« passt irgendwie. »Das ist echt nett, Thorne. Danke.«

»Aber nicht doch. Das wird bestimmt lustig. Ein Roadtrip!« Er peste mit quietschenden Reifen um die Ecke. »Ich muss diese Sophie ja auch mal kennen lernen. Klingt lecker.«

Plötzlich wurde mir leicht schwindelig. Ich wollte nicht, dass Thorne Sophie traf. Das würde alles kaputtmachen. »Du möchtest sie kennen lernen?«

»Na klar«, sagte er. »Ist das ein Problem für dich?«

Ehrlich gesagt war das wirklich ein Problem für mich. Aber wenn er mich fuhr, konnte ich ihm wohl kaum verbieten, ihr mal kurz die Hand zu schütteln. Der Gedanke gefiel mir allerdings ganz und gar nicht. Sophie kam aus einer ganz anderen Welt, einem anderen Teil meines Lebens. Ich wollte nicht, dass diese beiden Welten sich begegnen. Auch wenn er mein bester Freund ist, wollte ich seine kleinen Grabschhändchen kein Stück in Sophies Nähe wissen.

»Und, hast du Posie mal wieder gesehen?«, fragte Thorne. »Ich hab gehört, sie hat einen neuen Freund.«

»Was?« Ich war fassungslos. Ich konnte nicht begreifen, dass Posie so schnell schon wieder jemand anderen hatte. Ich hatte geglaubt, sie wäre fix und fertig wegen mir und hätte erst mal keine Lust auf jemand Neuen.

»Ja. Seit sie mit dir Schluss gemacht, ist sie kaum mehr zu Hause. Alle sagen, sie hätte jemand Neues, aber keiner weiß, wer das sein soll.« Thorne sah mich argwöhnisch an. »Bist du dir auch ganz sicher, dass du es nicht bist?«

»Ich?«

»Es würde euch ja verdammt ähnlich sehen, erst Schluss zu machen, euch dann wieder zusammenzutun und es niemandem zu erzählen.« Er sah mich an. »Aber ich schätze, du denkst jetzt in anderen Dimensionen.«

»Ja, ich glaub schon.« Aber der Gedanke an Posie machte mich traurig.

Thorne hupte ein Mädchen an, das ich noch nie gesehen hatte, aber statt ihm den Stinkefinger zu zeigen, lächelte sie ihn an und gab ihm einen Luftkuss.

»Du hast echt Glück, Jonah«, sagte er. »Ein Mädchen wie Sophie wartet in einem Hotelzimmer auf dich. Verdammt, manchmal wünschte ich, ich wäre du, Jonah Black, Schwarm aller Mädchen!«

»Ja, ich habe wirklich Glück«, sagte ich. Aber irgendwie hatte ich gar nicht das Gefühl.

(Immer noch 19. Dezember, noch später)

Um 17.00 Uhr machte ich mich auf den Weg zu Dr. LaRue. Wie immer saß ich da und sah ihn an, wie er da so mit seinem kratzigen Pullover, seinem kleinen borstigen Bärtchen und seinem riesigen Glatzkopf vor mir lauerte. Er sah aus wie der Vollmond über einem Kornfeld oder so. Na ja, jedenfalls fragte er mich, was bei mir los wäre, und aus irgendeinem Grund fing ich an, von Dr. Boyers, Toby und Honey zu erzählen, und wie wir nach dem Grabstein gesucht hatten.

Ich dachte, das würde eine Riesendiskussion über Wahrheit und Lüge auslösen.

Aber stattdessen fragte er mich einfach: »Lieben Sie Ihre Schwester, Jonah?«

»Natürlich.«

»Haben Sie ihr das schon mal gesagt?«

»Natürlich nicht.«

»Warum nicht?«

»Weil sie mir sofort eins auf die Rübe geben würde.«

Dr. LaRue lachte! Er lachte so, als wäre das das Komischste, was er je gehört hatte. Er musste sich die Brille abnehmen und sein Gesicht mit einem Kleenex abtrocknen.

In diesem Moment fiel mir auf, dass ich ihn vorher noch nie zum Lachen gebracht hatte. Na, wenn das kein Fortschritt ist.

20. Dezember, 18:33 Uhr

Samstag. Ich habe den ganzen Tag damit verbracht, auf dem Fahrrad Pizzas und Videos für Mr Swede auszufahren, und dachte nur: *Ich muss bescheuert sein, einen Job zu machen, der so mies bezahlt ist.* Ich meine, ich verdiene sechs Dollar pro Stunde plus Trinkgeld. Ich glaube, das ist noch nicht mal das gesetzlich vorgeschriebene Mindestgehalt. Und ich muss zugeben, dass ich mich vielleicht drei Sekunden lang gefragt habe, wie viel Geld ich verdienen könnte, wenn ich für Thornes Vater auf der *Scrod* arbeiten würde.

21. Dezember, 15:30 Uhr

Eigentlich wollte ich heute ein paar Weihnachtseinkäufe machen, aber Honey war mit ihrem Jeep und Mom mit dem Audi unterwegs, sodass mich keine von ihnen zum Einkaufszentrum fahren konnte. Und ich hatte keine Lust, mit dem Fahrrad zu fahren, beladen mit lauter Taschen und Zeugs. Ich kaufe sowieso nicht gerne ein. Ich weiß nie, was ich allen schenken soll. Es kommt mir immer so vor, als müsste ein Gegenstand oder so das symbolisieren, was ich für meine Familienmitglieder empfinde – und absolut nichts, was ich in der Coral-Springs-Ladenpassage kaufen könnte, scheint mir da irgendwie passend.

Honey kam ungefähr um halb drei nach Hause. Sie ging in ihr Zimmer, warf ein Paar Tüten auf den Boden und stand dann auf einmal in meiner Zimmertür.

»Was ist?«, fragte ich.

»Du hast doch irgendwas vor«, sagte sie.

»Was soll ich vorhaben?«

»Das weiß ich ja eben nicht. Aber irgendwas muss es sein. Verrat es mir, Melonenpo«, sagte sie.

»Es gibt nichts zu verraten«, beharrte ich.

»Okay, dann vergiss es. Wenn du unbedingt ein Staatsgeheimnis daraus machen willst...«, sagte sie.

»Ich habe kein Geheimnis!«

»Aber sicher doch. Ich bin doch nicht bescheuert.«

»Ach ja, stimmt ja, du gehst nach Harvard, wie konnte ich das nur vergessen«, sagte ich. Ich wusste, dass sie das echt ärgern würde.

»Ach, was soll's. Ich versuche ja nur, dir zu helfen«, sagte Honey.

»Mir helfen? Wobei willst du mir helfen?«

»Nichts. Vergiss es. Du bist ein hoffnungsloser Fall«, sagte sie genervt. »Aber eins sage ich dir: Wenn der Blödsinn, den du jetzt vorhast, vorbei ist, und du dich wie der letzte Volltrottel fühlst, weil du alles versaut hast, denk dran: Ich bin zu dir gekommen und habe dich gefragt, ob ich dir helfen kann. Aber du hast gesagt: ›Nein danke, ich bleibe lieber ein totaler Loser.‹ Okay?«

Sie wollte wieder in ihr Zimmer gehen, aber ich hielt sie auf: »Honey?«

»Was?«

»Hattest du noch nie ein Geheimnis?«

»Doch, klar«, sagte sie. »Aber über mich reden wir ja jetzt nicht.«

»Na ja, vielleicht möchte ich eben auch mal was für mich behalten«, sagte ich. »Aber nur weil ich nicht alles mit dir teile, bedeutet das nicht, dass ich dich nicht lieb hätte.«

»Oh, mein Gott«, sagte sie und hielt sich den Bauch. »Ein Beruhigungsmittel. Schnell. Mir kommt ja alles hoch!«

»Mach dir nichts draus«, sagte ich.

»Jetzt hör mir mal gut zu, Fischgeruch«, sagte sie. »Es geht hier nicht um Brüderchen und Schwesterchen und wie lieb sie sich haben. Es geht darum, dass du dich in irgendeine Kacke reinreitest. Im Gefängnis landest. Von der Schule fliegst oder so. Ich kann es kaum erwarten, zu erfahren, was du diesmal wieder anstellst.«

»Woher willst du wissen, dass ich ins Gefängnis komme?«, protestierte ich. Das wäre vielleicht möglich gewesen, wenn ich Moms Auto hätte stehlen müssen. Aber jetzt, wo Thorne mich fährt, muss das ja wohl nicht mehr sein.

»Gott im Himmel, für wie blind hältst du mich eigentlich? Ich weiß, dass es irgendwas mit diesem vorgetäuschten College-Besuch zu tun hat, den du am Siebenundzwanzigsten planst. So viel steht schon mal fest. Als ob du jemals auf die UCF gehen würdest – ich meine, also wirklich! Als ob du dich je irgendwo einschreiben würdest, wo es keine Turmspringer gibt. Also fährst du wahrscheinlich gar nicht nach Orlando, sondern irgendwo anders hin. Aber wohin? Und wie willst du da hinkommen? Du kannst ja nicht fahren. Und was ist mit Geld? Du hast ja nur hundertachtunddreißig Dollar und fünfundsiebzig Cent auf deinem Konto. Wenn du irgendwas Größeres vorhast, brauchst du mehr. Also, Affenblödi. Ich weiß nicht, was das geben soll.«

»Woher weißt du, wie viel ich auf dem Konto habe?«, fragte ich entsetzt.

»Keinen Schimmer, Eure Lahmheit, vielleicht bin ich ja Sherlock Holmes oder so.«

»Ich mag es nicht, wenn man mir hinterherschnüffelt«, sagte ich.

»Und ich schaue nicht gerne dabei zu, wie du mit runtergelassenen Hosen in eine Schlangengrube marschierst. Aber gut. Tu, was du nicht lassen kannst«, sagte Honey.

Sie ging aus dem Zimmer, kam aber eine Sekunde später wieder rein.

»Weißt du, was ich glaube? Ich glaube, du fährst nach Maine, um dieses Mädchen aus Masthead zu treffen«, sagte sie. »Wie schmalzig.«

»Sophie.«

Honey sah mich an, als ich ihren Namen sagte.

»Mmm – hmm. Ich verstehe.«

»Was verstehst du?«, fragte ich.

»Wenn ich mir noch eine Bemerkung erlauben darf? Nimm lange Unterwäsche mit. Es ist kalt in Maine.«

»Okay«, sagte ich. »Falls ich nach Maine fahre, nehme ich lange Unterwäsche mit. Und wenn ich dann hübsch eingemümmelt und warm bin, werde ich denken: *Vielen Dank, Honey, dass du dich darum gekümmert hast, dass ich es jetzt so schön warm habe.*«

»Gut«, sagte sie und ging aus dem Zimmer, rief mir

aber dann noch vom Flur aus zu. »Erinner mich daran, dich von jetzt ab in Ruhe zu lassen.«

»Warte«, rief ich. Ich hörte, wie sie ihre Zimmertür öffnete, aber nicht reinging.

»Was?«, rief sie. Sie klang genervt, aber immer noch interessiert.

»Hey, als wir klein waren. Weißt du noch, wie wir Tobys Grab gesucht haben?«, fragte ich.

Honey sagte erst mal nichts. Dann rief sie: »Ach ja. Ich weiß noch, dass es einen richtigen kleinen Friedhof gab. Wir haben ihm Blumen aufs Grab gelegt.«

»Was? Nein, so war es nicht. Wir wurden von Dr. Boyers angemotzt. Sie hat uns nicht geglaubt, als wir ihr erzählt haben, was wir wollten.«

»Dr. Boyers?«, fragte Honey. »Wieso Dr. Boyers? Der Tierarzt hieß Dr. Moynihan. Ich erinnere mich noch daran, dass ich mit seiner Tochter Megan Veilchen gepflückt habe. Wir haben die Veilchen auf Tobys Grab gelegt und Kirchenlieder gesungen.«

»Nein, haben wir nicht«, beharrte ich. »Wir wurden angeschrien. Sie hat uns von ihrem Hof verjagt.«

Lange Pause. Honey stand in ihrer Tür. »Ich erinnere mich an Veilchen«, sagte sie schließlich und schloss dann endgültig die Tür.

22. Dezember, 15:45 Uhr

Heute ist was Trauriges passiert. Weil Schulferien sind, habe ich Mom gefragt, ob sie mich mit zur Coral-Ladenpassage nimmt. Wir waren ungefähr um zehn da und verabredeten uns für halb drei am Auto, sodass ich genug Zeit zum Geschenkekaufen und gegebenfalls auch noch für einen Imbiss hatte. Ich erledigte meine Weihnachtseinkäufe ziemlich schnell, weil ich Einkaufen wie gesagt hasse. Es gibt mir immer das Gefühl, total zurückgeblieben zu sein, als könnte ich die Einkaufssprache nicht sprechen oder so. Ich möchte richtig schöne Geschenke kaufen, denen man ansieht, dass ich mir viel Gedanken gemacht habe. Aber ich finde nie was richtig Gutes. Schließlich hab ich für Mom eine Art Seidenkleid gekauft und für Honey die neue PJ-Harvey-CD. Schöne Geschenke, würde ich sagen, aber nichts wirklich Großartiges.

Dann ging ich in den Buchladen und besorgte Dad ein Buch. Ich weiß noch nicht mal mehr genau, was für eins, aber ich wusste, dass es ihm gefallen würde, weil ein U-Boot vorne drauf ist. Ich weiß, dass ich bald eine Karte und einen Scheck als Geschenk von ihm bekommen werde. Es nervt mich immer total, dass er mir nicht mal was Persönliches schenken kann. Obwohl mir das Geld natürlich jetzt für Disney World gerade recht kommt.

Na ja, nachdem ich also Moms, Dads und Honeys Geschenke hinter mich gebracht hatte, war ich fertig mit Kaufen – bis auf das Geschenk für Sophie. Also ging ich in einen Laden, der *Afterthoughts* heißt und in dem es Ohrringe und so was gibt. Ich griff mir eine Hand voll Ohrringe und versuchte sie mir an Sophies Ohren vorzustellen. Schließlich kaufte ich ihr ein Paar ganz coole von einer Schmuckdesignerin namens Holly Yashi. Sie sind irgendwie schwer zu beschreiben – türkis und asiatisch. Ich glaube, sie werden ihr gefallen: Ich weiß noch, dass sie in Masthead auch solche hatte.

Sie packten mir die Ohrringe in Geschenkpapier ein. Auf einmal fühlte ich mich richtig gut, weil mir einfiel, dass ich Sophie in ein paar Tagen sehen würde und es jetzt tatsächlich so aussieht, als ob es klappt. Ich bin ziemlich aufgeregt.

Na ja, jedenfalls hatte ich den *Afterthoughts* gerade verlassen, als ich Posie in der Ladenpassage sah. Aber sie sah mich nicht. Sie trug eine große Tüte mit Zeugs aus dem Bon Jon Surf Shop – wohl hauptsächlich alles für sie selbst. Plötzlich hatte ich ein schlechtes Gewissen, weil ich nicht an ein Geschenk für Posie gedacht hatte. Beinahe wäre ich wieder zurück in den

Laden gegangen, um ihr auch noch ein paar Ohrringe zu kaufen, aber ich wollte doch erst mal sehen, was sie vorhatte. Am liebsten wäre ich zu ihr gegangen und hätte sie angesprochen, aber dann fiel mir auf, dass sie ganz weggetreten aussah, als wäre sie irgendwie nicht ganz bei sich. Plötzlich blieb sie mitten in der Passage stehen, die ganzen Leute um sich herum. Dann machte sie auf dem Absatz kehrt und ging in die andere Richtung. Sie sah ganz entschlossen aus.

Unwillkürlich folgte ich ihr. Und wo ich schon mal damit angefangen hatte, konnte ich gar nicht mehr damit aufhören. Wenn es mir auch irgendwie unheimlich war, mich so an ihre Fersen zu heften. Ich glaube, ich wollte sehen, wohin dieser Gesichtsausdruck sie führte. Und dann stand sie auf einmal bei Brookstone und sah sich die ganzen coolen Sachen an. Schließlich sprach sie einen Verkäufer an. Sie studierte sämtliche Fernrohre in dem Laden und tauschte sich über jedes einzelne mit ihm aus. Ich fragte mich, wem sie wohl ein Fernrohr schenken wollte. Es konnte ja wohl kaum für ihre kleine Schwester Caitlin sein und es ist ja auch nicht gerade das passende Geschenk für eine Mutter. Es ist auf jeden Fall ein Männergeschenk, und ihr Vater kam wohl auch kaum infrage: Mr Hoff ist ungefähr so blind wie Ray Charles. Ich meine das nicht böse, aber er ist keinesfalls der Typ Mann, dem man ein Fernrohr kaufen würde. Dann fiel mir plötzlich ein, was Thorne gesagt hatte: *Alle sagen, sie hätte einen Neuen, aber keiner weiß, wer es ist.*

Ich glaube, es stimmt, dass Posie einen neuen Freund hat, und ich glaube, es ist was Ernstes. Ein Fernrohr ist doch ein tolles Geschenk für einen Jungen, und sie würde ihm bestimmt keins kaufen, wenn die Sache nicht ziemlich schnell ziemlich weit gediehen wäre. Ja, ein Fernrohr ist genau das coole Geschenk, das ich mir immer gerne für jemand ausdenken würde, nur dass mir das beim Einkaufen nie einfällt. Ich greife immer auf Bücher, Klamotten und CDs zurück.

Jedenfalls war ich auf einmal so traurig über Posies neuen Astronauten-Freund und schämte mich so, weil ich ihr gefolgt war, dass ich sofort rausmusste. Ich floh und rannte beinahe den ganzen Weg zum Auto zurück, über eine Stunde, bevor ich mit Mom verabredet war. Aber ich wollte einfach niemanden sehen, geschweige denn sprechen. Am liebsten hätte ich mich in Luft aufgelöst. Das Auto war zu und ich musste mich wie ein Vollidiot auf die Haube hocken.

Um die Wartezeit zu überbrücken, zog ich Dad's U-Boot-Buch aus der Tasche und las es. Jetzt fällt es mir wieder ein. Es heißt *Defcom Nine* und ist total idiotisch.

25. Dezember

Es ist ungefähr Viertel nach drei am Weihnachtsnachmittag. Wir haben alle Geschenke aufgemacht, Rührei gegessen und sind jetzt in so einer Lullstimmung: Alle gucken sich in ihren Zimmern noch mal ihre Geschenke an, dösen so vor sich hin und warten darauf, dass der Braten aus dem Ofen kommt.

Mr Bond ist hier. Er kam ungefähr um neun Uhr morgens. Das macht mir ja nichts aus, aber ich finde, Mom hätte uns das vorher sagen sollen. Und er hätte uns was mitbringen sollen – einfach irgendwas, Bifis meinetwegen –, aber nein, er kommt einfach hier rein und gibt Mom ein Päckchen von *Victoria's Secret*, diesem Dessousgeschäft. Natürlich war es ein getigerter Slip mit dazu passendem BH. Krass. Ich weiß nicht, was ich ekliger finde: dass Mom so was anzieht oder dass Mr Bond es kauft. 'tschuldigung. Ich meine *Robere*.

Honey fand ihre PJ-Harvey-CD echt gut. »Gute Wahl«, sagte sie, als sie sie ausgepackt hatte, und fügte nicht so was wie »Affenblödi« hinzu, wie sonst immer. Deshalb wusste ich, dass sie wirklich beeindruckt war. Mom sagte, sie fände das Kleid schön, aber ich wette, sie hat zuerst Roberes Dessous anprobiert. Die beiden sind jetzt in ihrem Zimmer, und wenn Honey und ich ihre neue CD nicht voll aufgedreht hätten, könnten wir sie garantiert hören.

Weihnachten ist komisch. In den letzten paar Jahren hat es mich immer deprimiert, weil es mich an die Zeit erinnert hat, in der Mom und Dad noch verheiratet waren. Alles, was wir taten, auch wenn es ja schon schön ist, erinnerte mich irgendwie an die Art Familie, die wir nicht mehr sein konnten.

Dieses Jahr ist es auch etwas traurig, weil Honey ja nächstes Jahr nach Harvard geht. Es ist wirklich das letzte Mal, dass Mom, Honey und ich so zusammen feiern. Honey wird mir nächstes Jahr fehlen, wenn ich das vielleicht auch nur an Weihnachten zugeben werde.

Das Haus duftet nach Braten.

Von Mom habe ich einen Gameboy bekommen. Das ist ein schönes Geschenk, aber irgendwie auch eins, das man einem Jungen schenken würde, den man nicht besonders gut kennt. Aber er ist gut, und ich habe auch noch *Scuba War* dazu bekommen, ein Spiel, in dem es vor allem darum geht, Haifische abzuschießen, bevor sie einen fressen. Und Honey hat mir ein neues Tagebuch mit einem schwarzen Einband geschenkt, also genau so eins, wie ich sie immer habe. Mein jetziges ist zwar erst halb voll, aber es ist trotzdem ein ziemlich cooles Geschenk. Außerdem hat sie mir noch einen tollen Stift geschenkt, eine Art falschen Füllfederhalter mit so kleinen Patronen zum Reindrücken. Man schreibt also wirklich mit echter Tinte. In so einem abgefahrenen Blaugrün – es heißt Pfauenblau –, und auch der gefällt mir. Honey gewinnt eindeutig den Geschenkwettbewerb. Vielen Dank, Honey!

Dad hat mir einen Scheck über hundert Dollar geschickt. Er kam in einem Umschlag, auf den Tiffany die Adresse geschrieben hatte. Den Scheck hat sie auch unterschrieben – Tiffany St. Clair Black. Meine Güte, das klingt echt nach Pornostar. Ich frage mich, ob Dad ihr auch getigerte Slips zu Weihnachten geschenkt hat. Falls sie nicht sowieso schon welche hat, worauf ich wetten möchte. Das ist wahrscheinlich alles, was sie überhaupt anhat.

Dad hat noch nicht angerufen, um uns frohe Weihnachten zu wünschen und zu fragen, ob der Scheck angekommen ist. Das macht er jedes Jahr, aber vielleicht kommt das ja noch. Wir könnten ihn ja auch anrufen, aber schließlich hat er sich ja von Mom scheiden lassen. Ich finde, er muss die Initiative ergreifen.

Ich frage mich, was Sophie gerade tut. Ich schaue mir die Ohrringe an, die ich ihr gekauft habe. Ich kann es kaum erwarten, sie ihr zu schenken. Noch zwei Tage! Ich wüsste gern, ob Posie ihrem neuen Freund das Fernrohr geschenkt hat. Vielleicht schauen sie ja gerade zusammen hindurch und können mich hier liegen sehen, wie ich Tagebuch schreibe und aussehe wie jemand, der ganz weit weg ist.

(Immer noch 25. Dezember, später.)

Vor dem Abendessen saß ich im Wohnzimmer und sah mir ein Footballspiel mit meinem neuen besten Freund, Robere, an. Er trank ein Bier, und ich merkte, dass er mir eins anbieten wollte, ihm das aber bei uns zu Hause komisch vorkam.

»Na, Junge«, sagte er.

»Hey, Mr Bond.«

Er drohte mir ein bisschen mit dem Finger, und ich sagte: »Ich meine, Robere.«

»Genießt du deine Weihnachten?«, fragte er.

»Ja«, sagte ich. »Ist schön.«

»Finde ich auch. Ich möchte, dass du das weißt«, sagte er. »Ich genieße diese Weihnachten sehr.«

»Das freut mich«, sagte ich und starrte weiter auf den Bildschirm.

»Doch, wirklich.« Ich hasse es, wenn Leute »Doch, wirklich« sagen, um ein Gespräch in Gang zu halten, das eigentlich schon beendet ist.

»Es bedeutet mir sehr viel, dass ihr mich in eurer Familie aufnehmt. Dass es euch nichts ausmacht, dass ich da bin.«

Ich beschloss, das so stehen zu lassen, denn

schließlich war Weihnachten, und warum sollte ich da nicht nett zu ihm sein? Ich meine, es ist ja nichts verkehrt an Mr Bond, wenn man davon absieht, dass er mein Geschichtslehrer und Thornes Klassenlehrer ist, außerdem mit Mom schläft und möchte, dass ich ihn Robere nenne.

»Weißt du, Robere«, sagte ich. »Ich bin froh, dass du hier bist. Und ich weiß, dass Mom sich darüber freut.«

»Sie ist eine ganz besondere Frau«, sagte Mr Bond und warf einen Blick Richtung Schlafzimmer, wo Mom gerade schlief. »In der Tat, das ist sie.«

Krass. Wir guckten uns das Spiel noch ein Weilchen an. Keiner punktete.

»Weißt du, ich war schon mal verheiratet«, sagte er.

Das war mir neu. Ich wusste nicht, warum er mir das jetzt erzählte.

»Echt?«

»Ja«, sagte Mr Bond und seufzte. »Phan Nguoc.«

»Wie bitte?«

»Phan Nguoc. So hieß sie«, sagte er. »Sie war Vietnamesin.«

»Oh«, sagte ich. »Warst du in Vietnam?«

Mr Bond zuckte die Achseln. »Nein.«

Wieder sah er dem Spiel zu, als wäre die Unterhaltung damit beendet. Komisch, denn er hatte ja angefangen.

»Was war denn mit ihr?«, fragte ich schließlich.

»Sie hatte Krebs, Jonah«, sagte Mr Bond. »Brustkrebs.« Und auf einmal wurden seine Augen ganz feucht und zwei dicke Tränen liefen ihm über die Wangen. Er wischte sich mit dem Hemdsärmel übers Gesicht. »Entschuldigung«, sagte er.

»Tut mir Leid«, sagte ich. »Dass sie gestorben ist.« Das klang wirklich total banane, aber ich meinte es so, wie ich es sagte. Ich glaube, besser hätte man es nicht machen können.

»Mir auch«, sagte er. Trank ein bisschen Bier. »Weißt du, ich habe lange Zeit nicht geglaubt, dass ich jemals darüber hinwegkommen würde.« Er schwieg. »Bis ich deine Mutter kennen lernte.« Er sah wieder Richtung Schlafzimmer. »Sie ist wirklich was Besonderes.«

Da klingelte das Telefon. Ich wartete, dass jemand dranging.

»Ja«, wiederholte er noch einmal. »Wirklich was Besonderes.«

Ich stand auf und ging ans Telefon.

»Jonah!«, sagte mein Vater. »Hier ist dein Dad! Dein Dad, Jonah!«

Dad klingt immer so, als ob ich superdankbar sein müsste, weil er anruft. Er scheint keinen blassen Schimmer zu haben, dass er dankbar sein müsste, weil wir überhaupt noch mit ihm reden.

»Hi, Dad«, sagte ich.

»Frohe Weihnachten!«, bellte er.

»Frohe Weihnachten, Dad. Wir sitzen hier gerade alle und…«

»Prima, prima!«, unterbrach er mich. »Wir haben das Feuer im Kamin angezündet. Tiffany und ich gehen zum Abendessen rüber in den Kricket-Klub. Ich dachte, wir klingeln mal kurz durch, um zu schauen, ob ihr auch in der richtigen Weihnachtsstimmung seid.«

»Oh, wir haben hier Stimmung ohne Ende, Dad.« Das ist vielleicht das Erstaunlichste, was ich je von mir gegeben habe.

»Ist deine Schwester da?«, fragte er.

»Ja. Ich hole sie.«

»Moment, Moment, Jonah, bevor du ... darf ich dich kurz fragen, sie ist doch okay, oder?«

»Sie geht nach Harvard. Sie haben ihre vorgezogene Bewerbung angenommen«, sagte ich.

»Wirklich? Klasse! Das ist super!« Seine Stimme wurde leiser, und ich hörte ihn sagen: »Man hat Honor Elspeth in Harvard angenommen.« Tiffany antwortete irgendwas, aber ich konnte es nicht verstehen. Der Klang ihrer Stimme verriet mir, dass sie da in einem ihrer kleinen Kleidchen stand und auf die Uhr sah.

»Habt ihr das erst kürzlich erfahren?«, fragte Dad.

»Ich glaube, sie weiß es ungefähr schon seit einem Monat.«

»Oh, Schei... benkleister, ich wünschte, sie hätte mich angerufen und es mir selbst gesagt. Ich bin so stolz auf sie!«

Ich dachte: *Tja, Dad, wenn du öfter anrufen würdest, wüsstest du es längst.*

»Und deine Mutter, Jonah – ich hoffe, es macht dir nichts aus, dass ich nach ihr frage. Wie geht es ihr?«

Da kam Mom aus dem Schlafzimmer. Sie sah gut aus und lächelte. Sie hatte sich gerade die Haare gebürstet und Lipgloss aufgetragen. »Ausgezeichnet«, sagte ich.

»Prima, prima. Und was macht das Turmspringen? Springst du immer noch so gerne?«

»Oh ja, das ist toll«, sagte ich.

»Und du hast meinen Scheck bekommen?«

»Ja. Danke, Dad.«

»Hm, ja, dann kauf dir was Schönes. Ich weiß auch nicht. Irgendwie weiß ich nie, was du brauchst, Jonah«, sagte er.

Stimmt genau, dachte ich. »Und du hast mein Buch auch bekommen?«

»*Defcom Nine!* Ja, danke, das ist genial! Stell dir vor, ich habe erst vor ein paar Wochen *Defcom Eight* ausgelesen.«

»Okay«, sagte ich. »Ich geh Honey holen.«

Ich legte den Hörer ab. »Wer ist dran, Jonah?«, fragte Mom.

»Dad.«

»Oh«, sagte Mom. Mr Bond legte einen Arm um sie. Ich ging und holte Honey, die auf ihrem Bett lag und las und über Kopfhörer ihre neue CD hörte.

»Telefon«, sagte ich. »Dad.«

»Echt?« Honey sprang auf und rannte fast zum Telefon. Meistens vergesse ich, dass sie jünger ist als ich, aber wie sie da gerade so vom Bett hüpfte, um mit Dad zu reden, kam sie mir vor wie ein kleines Mädchen.

Das Buch, das sie gelesen hatte, lag auf dem Bett. Winnie Ille Pu. Pu der Bär, auf Latein.

26. Dezember, 14:30 Uhr

Heute bin ich irgendwie rastlos. Ich glaube, ich bin so aus dem Häuschen wegen morgen, dass ich nichts mehr mit mir anfangen kann. Ich habe schon gepackt und dabei sogar an die Kondome gedacht. Ich hab sie in die Reisetasche getan, in die Seitentasche mit dem Reißverschluss. Aber während ich sie da verstaute, dachte ich plötzlich: *Vielleicht liege ich ja auch total daneben. Vielleicht stellt Sophie sich etwas ganz anderes darunter vor, mit mir in einem Hotelzimmer zu liegen.* Ich meine, vielleicht ist sie ja gar nicht auf die Idee gekommen, dass wir miteinander schlafen würden. Ich meine, genau davor habe ich sie doch bewahrt, als ich sie vor Sullivan, dem Riesen, gerettet habe, oder? Und jetzt stecke ich da so mir nichts, dir nichts die Kondome in die Tasche? Vielleicht will sie ja auch nur reden, einfach so im Bett liegen und was erzählen. Sich zu mir drehen, die Kleider ausziehen, dem Geräusch des Wassers in den Rohren lauschen, dem ganzen Wasser, das in die Hotelzimmer fließt... ach, verdammt noch mal, ich weiß es nicht, ich weiß es nicht, ich weiß es nicht! Aber sie *hat* doch gesagt, sie würde auf mich warten, oder? Ich meine, das bedeutet doch irgendwie, dass sie denkt, wir würden miteinander schlafen. Ich habe sogar noch mal zurückgeblättert und gelesen, was ich am 17. Dezember geschrieben habe, als wir miteinander telefoniert haben, und es klang so, als ob sie wirklich Sex wollte. Aber habe ich auch wirklich aufgeschrieben, was sie gesagt hat? Ich meine, es ist immerhin möglich, dass ich es falsch in Erinnerung behalten oder anders aufgeschrieben habe, als es war. Jetzt kann ich mich noch nicht einmal daran erinnern, wie sie aussieht.

Ungefähr um Mittag schwang ich mich aufs Rad, um mal aus dem Haus zu kommen und einen klaren Kopf zu kriegen. Ich radelte zum Strand, schloss mein Fahrrad ab und kletterte auf den Rettungsschwimmerturm. Ich wartete auf Pops, aber er kam nicht. Das kam mir merkwürdig vor: Sonst taucht er ja immer wie durch Zauberhand auf, wenn ich auf den Turm steige. Auf einmal beschlich mich das komische Gefühl, dass Pops Berman vielleicht gar nicht wirklich ist, sondern so was wie meine gute Fee, mein Schutzengel oder… ach, was weiß ich, ein Außerirdischer, der sich die Gestalt eines kleinen alten Mannes gegeben hat. Immer wenn ich Rat brauche, gehe ich zum Rettungsschwimmerturm und – *zzzong* – schon ist Pops da und befiehlt mir, »meinen kleinen Freund spazieren zu führen«.

Ich blieb ein bisschen sitzen und schaute aufs Meer.

Ich dachte an den letzten Springwettkampf. Ich dachte an Mom und Mr Bond. Und an Honey und Dad. Ich dachte ans College und an Sophie und dass ich sie morgen treffen würde und wie es wohl werden würde. Ich griff nach den Ohrringen in meiner Hosentasche. Ich trage sie die ganze Zeit bei mir. Ich schloss die Augen.

Sophie öffnet die Hotelzimmertür und wirft sich in meine Arme.

»Oh, Jonah«, ruft sie. »Du weißt ja nicht, wie schrecklich es ist, nicht mit dir zusammen zu sein.«

Ich antwortete: »Ist schon gut, Sophie. Jetzt ist es ja so weit.« Ich gebe ihr das Kästchen mit den Ohrringen und sie fängt an zu weinen.

»Sie sind total schön. Genau solche habe ich mir immer gewünscht«, seufzt sie. Sie sieht zu mir hoch. »Soll ich sie mir für dich anlegen?«

Ich gehe rüber zur Minibar und mixe mir einen Drink. »Ja«, sage ich. »Das würde mir sehr gefallen.«

Langsam zieht sie ihre Kleider aus – Stück für Stück. Zuerst den Pullover, dann den Rock, dann den BH, dann das Höschen, und schließlich nimmt sie die Ohrringe aus dem Kästchen und steckt sie sich an.

»Wie sehe ich aus?«, fragt sie.

»Super.«

Schließlich kletterte ich vom Rettungsschwimmerturm und beschloss zu den Niagara Towers zu gehen, um Pops Berman gegebenenfalls frohe Weihnachten zu wünschen. Als ich nach ihm fragte, wollte die Frau am Empfang wissen, ob ich ein Familienmitglied wäre. Ich antwortete: »Ich bin sein Freund.« Die Frau – ein total süßes karibisches Mädchen mit einem Sonne-und-Mond-Button auf ihrem T-Shirt – erklärte mir, dass Pops zur Dialyse im Krankenhaus wäre. »Im St. Joseph's«, sagte sie.

Ich radelte rüber, aber auch da wurde mir mitgeteilt, dass ihn nur Familienmitglieder besuchen dürften. Ich bat sie, ihm zu sagen, dass Jonah Black da gewesen wäre. Keine Ahnung, ob man ihm das ausrichtet.

Ich mache mir irgendwie Sorgen um Pops. Seltsam, wie wichtig er für mich ist, obwohl ich ihn gar nicht richtig kenne. Ich muss immer noch an die Geschichte denken, die er mir von der Frau erzählt hat, die er geliebt hat. Die, die gestorben ist. Ich frage mich, ob mein Leben auch so enden wird.

Als ich wieder nach Hause kam, erzählte Mom, dass Posie da gewesen war. Ich fand es total ätzend, sie verpasst zu haben. Ich ging in mein Zimmer, und was lag da auf meinem Bett? Ein Geschenk von Brookstone, eingepackt in glänzendes Papier mit Nachthimmelmotiv.

Ich packte es aus. Es war das Fernrohr. Mitsamt einer Karte, auf der stand: »Für Jonah, einen hellen Stern am dunklen Himmel.«

Ich war fix und fertig. Bin es noch immer. Ich meine, da dachte ich die ganze Zeit, sie hätte das Geschenk für ihren neuen Freund gekauft, und auf einmal stellt sich heraus, dass ich dieser Freund bin. Dann las ich noch einmal, was sie geschrieben hatte. Das erschreckte mich ein bisschen. Was meinte sie mit »heller Stern am dunklen Himmel«? War der Himmel im Moment ganz dunkel für sie? Ich fragte mich, ob es ihr gut ging.

Ich rief sie an, aber Mrs Hoff sagte: »Nein, Jonah. Posie ist nicht da. Sie ist für ein paar Tage ins College gefahren.«

27. Dezember, 13:15 Uhr

Da wären wir also: Thorne am Steuer seines Beetle und ich, der versucht, das hier zu schreiben, während wir mit 140 Sachen an allem vorbeibrettern und *Limp Bizkit* durchs Auto dröhnt. Heute Morgen, bevor wir gefahren sind, hat Mom mich auf die Wange geküsst. »Ich bin stolz auf dich, Jonah«, sagte sie. Plötzlich kam ich mir echt hinterfotzig vor wegen meiner Lüge. Honey sah zu, wie Mom mich umarmte, und ihr Blick sagte: *Mom kannst du vielleicht täuschen, aber mich nicht.*

(Immer noch 27. Dezember, 17:30 Uhr)

Ich bin im Porpoise! Ich konnte im Auto nicht mehr weiterschreiben, weil es viel zu holperig war und ich mich nicht konzentrieren konnte.

Thorne hat mich hier abgesetzt und ist jetzt auf dem Weg zur UCF. Er sagt, er weiß noch nicht, wo er übernachten wird, macht sich aber null Gedanken darüber. Ich wünschte, ich hätte auch die Fähigkeit, mir nicht so viel Sorgen zu machen.

Jetzt liege ich auf meinem Kingsizebett und warte darauf, dass Sophie anruft. Wenn es so weit ist, sage ich ihr, dass sie hierher kommen soll. Dann liegen wir beide hier und tun es vielleicht.

Ich bin total nervös. Während ich hier sitze und das schreibe, schlägt mein Herz so heftig, dass mein Hemd sich hebt und senkt.

Die erste Komplikation gab es heute schon beim Einchecken. Ich sagte meinen Namen und dass ich für zwei Nächte bliebe, und da erfuhr ich, dass es vierhundertundfünfundsiebzig Dollar kostet. Ich sagte »Okay«, und zahlte. Aber Mann, ist das hier teuer! Zu blöd, dass ich mich beim Buchen gar nicht nach dem Preis erkundigt habe. Ich muss wohl Thorne oder sonst wen dazu bringen, mir Geld zu leihen, sonst kann ich noch nicht mal nach Disney World. Geschweige denn essen. Oder sonst irgendwas.

Kann gut sein, dass das alles hier eine einzige Katastrophe wird. Aber das ist mir egal.

(Immer noch 27. Dezember, 18:30 Uhr)

Okay, also jetzt ist

(Immer noch 27. Dezember, 18:55 Uhr)

Sorry. Es hat gerade geklingelt. Das war der Pizzabote. Am liebsten hätte ich gesagt: *Hey Mann, ich trage auch Pizzas aus.* Aber das hier ist ein Hotel und ich soll den Gast spielen, also habe ich nichts gesagt. Er fragte, ob er mir die Pizza auf den Tisch stellen dürfe, und ich sagte: »Okay«, und gab ihm zwei Dollar. Ich weiß, das ist ein ziemlich lausiges Trinkgeld, aber ich mache mir jetzt echt Sorgen wegen der Kohle. Ich hoffe, dass Thorne noch mal aufkreuzt.

Ich rief bei der Rezeption an und fragte, welches Zimmer die O'Briens gebucht hätten.

»Wer?«, fragte der Portier.

»Die O'Briens.«

»Sind die Herrschaften bei uns abgestiegen, Sir?«

Ich sagte Ja, und dann entstand erst mal eine lange Pause, in der er im Computer nachsah. Schließlich sagte er: »Im Augenblick ist niemand dieses Namens bei uns verzeichnet.«

»Sind Sie da ganz sicher?«, fragte ich.

»Ja, Sir«, sagte er ärgerlich.

Ich legte auf, und langsam wurde mir klar, dass ich in einem Hotel hockte, das ich mir nicht leisten konnte, und auf ein Mädchen wartete, das vielleicht nicht auftauchte. Das vielleicht noch nicht einmal existierte.

Um ein Haar wäre ich in Panik geraten und bestellte

deshalb schnell eine Pizza mit allem. Würstchen, scharfe Salami, Paprika, Zwiebeln und extra viel Käse. Ich habe hier rumgelegen und MTV geguckt, während ich Pizza futterte und mir zwei Cokes reinzog, und jetzt fühle ich mich ein bisschen besser. Ich bin immer noch in Panik, nur dass ich jetzt noch fünf Pfund mehr wiege und irgendwie mehr Ballast habe, wie ein Anker oder so.

Dieses Hotelzimmer ist ziemlich cool. Es ist ganz klar kein gewöhnliches Mittelklassehotel mit Holzverkleidung und dem typischen Ölgemälde mit den Enten schießenden Jägern. Unten in der Lobby hängt ein irres Stoffgewebe unter der Decke, so was wie ein großer Fallschirm oder so. Es bewegt sich ein bisschen in der Zugluft und ist echt cool. Das ganze Hotel ist riesengroß, geradezu endlos. Es gibt mindestens zwei Schwimmbäder – ich hab sie mir ehrlich gesagt noch nicht angesehen, aber die Fotos in der Broschüre auf dem Tisch zeigen, dass es da sogar zwei kleine Wasserfälle gibt.

Vielleicht werde ich echt versetzt. Vielleicht hat Sophie ja nie die Absicht gehabt, zu kommen. Vielleicht ist es der größte Witz für sie, mich an der Nase herumzuführen. Oder vielleicht hat sie auch gedacht, dass ich es nicht wirklich bringen würde, ein Zimmer zu buchen und herzukommen, um sie zu sehen.

Aber ich habe am Telefon mit ihr gesprochen und wir hatten auf jeden Fall einen Draht oder so. Ich kann nicht glauben, dass sie mich einfach angelogen haben soll. So gemein ist sie nicht. Vielleicht ist irgendwas passiert und sie musste auf einmal ihre Pläne über den Haufen werfen und konnte mich nicht erreichen.

Vielleicht sollte ich zu Hause anrufen und Mom fragen, ob jemand eine Nachricht für mich hinterlassen hat. Aber Mom könnte bestimmt an meiner Stimme erkennen, dass irgendwas nicht stimmt. Oder? Ich weiß nicht, warum ich das glaube, aber ich wette, sie könnte das. Obwohl sie natürlich gar nicht gemerkt hat, dass irgendwas faul war, als ich ihr mit meiner lächerlichen Geschichte kam. Vielleicht würde es mir ja gelingen, ohne dass sie irgendwas merken würde. Ich würde allerdings warten müssen, bis sie nicht mehr auf Sendung war – im Augenblick quatschte sie ja gerade in ihrer blöden Radiosendung.

Ach ja, stimmt ja. Moment.

Okay. Jetzt habe ich das Radio angemacht und natürlich wird Moms Radiosendung auch in Orlando ausgestrahlt. Da sitze ich also in einem Hotelzimmer, das ich gebucht habe, um mich mit einem Mädchen zu treffen, und höre meiner Mutter im Radio zu, die mit Anrufern aus Fort Lauderdale spricht. Der Junge, mit dem sie jetzt redet, fragt gerade, ob es okay ist, dass er lieber Sex im Auto hat als im Bett.

Mom fragt: »Bist du ne –«

(Immer noch 27. Dezember, 22:25 Uhr)

Okay. Nach einem kleinen Abenteuer bin ich wieder da. Mitten in Moms Lieblingsfrage – *Bist du nett zu dir selbst?* – klingelte das Telefon, und ich hechtete so schnell hin, dass ich dabei fast die Lampe umwarf.

Statt Sophie war allerdings Thorne dran. Er wollte, dass ich auf eine Party an der UCF mit »allen seinen Freunden« käme, und ich dachte: *Thorne, Mann, du bist erst seit fünf Stunden auf dem Campus – wie kannst du da jetzt schon »Freunde« haben?* Er fragte nach Sophie und ich musste ihm die Wahrheit sagen. Und das brachte ihn natürlich erst recht auf Touren.

»Okay, Jonah. Dann musst du jetzt ganz einfach zu dieser Fete kommen. Sei in einer halben Stunde vor dem Hotel. Ich hole dich ab.«

»Aber Thorne – Sophie soll doch hier anrufen«, sagte ich.

»Genau«, erwiderte Thorne. »Du willst doch, dass sie auf dich wartet, Jonah, und nicht umgekehrt. Du haust jetzt da ab und feierst mit ein paar Collegegirls. Wenn du möchtest, dass Sophie dich anruft, ist deine einzige Chance, nicht da zu sein.«

»Moment mal«, sagte ich. »Du meinst, wenn ich hier bleibe, ruft sie nicht an? Und wenn ich gehe, dann schon? Woher weiß sie, ob ich da bin oder nicht, wenn sie nicht anruft?«

»Jonah-Mann«, sagte Thorne. »Du hast die Frauen immer noch nicht begriffen, oder?«

Ich sagte nichts.

»Sie haben einen sechsten Sinn für so was.«

»Aber wenn Sophie einen sechsten Sinn hat, warum ruft sie dann nicht an, wenn ich da bin?«

»Jonah, hast du jetzt wieder Blödsoße getrunken oder was? Natürlich ruft sie nicht an, weil sie weiß, dass du auf sie wartest! Kein Mädchen möchte mit einem Jungen zusammen sein, der nicht noch andere Aussichten hat! Sie möchten, dass du die Wahl unter allen Mädchen der Welt hast und dich dann für sie entscheidest. Kapiert?«, sagte er.

»Aber woher weiß sie, dass ich auf sie warte?«, sagte ich.

»Du wartest doch, oder? Sie spürt das. Sie wird dich nicht anrufen, während du darauf wartest, dass sie dich anruft!«

»Thorne, das ist bescheuert.«

»Genau. Also hau da zum Teufel jetzt ab. Sie wird eine Nachricht an der Rezeption hinterlassen und dann kannst du sie später zurückrufen. Aber dann ist sie diejenige mit den Schwitzhändchen, die darum betet, dass du sie anrufst.«

»Ich dachte, sie hätte einen sechsten Sinn«, sagte ich.

»Ja, hat sie auch. Aber denk dran, bei Mädchen ist die Grenze zwischen sechstem Sinn und Durchdrehen ganz schmal. Lass sie im Ungewissen, Mann. Das ist der Schlüssel zum Erfolg. Hör zu. Ich bin in neunundzwanzig Minuten da. Sei du auch da, Kumpel.«

So kam es, dass ich ungefähr eine Stunde später bei einer Off-Campus-Party in einem Vorort von Orlando an einem Fass stand. Ich glaube, Thorne und ich waren die Jüngsten dort. Ich war vorher noch nie bei einer Studentenverbindung gewesen. Poster an den Wänden, in jedem Zimmer andere Musik und die Küche in einem Sauzustand. In einer Schüssel lagen schimmelnde Früchte, überall waren Bierdosen verstreut, und aus den Schränken quoll alles Mögliche, zum Beispiel merkwürdige Tüten voll Reis oder Weizenmehl und kleine Tütchen Pott – na ja, vielleicht waren da auch nur Kräuter drin.

In einer Ecke stapelten sich dutzende von leeren Pizzaschachteln. Es waren genau die gleichen, die Mr Swede auch hat: mit der Zeichnung von dem Pizzabäcker vorne drauf, der das OK-Zeichen macht und den Pizzaduft tief in die Nase zieht.

Es waren ungefähr hundert Leute da und die Musik war wirklich laut. Bei den Partys in Pompano wohnen nebenan Nachbarn, sodass man nicht derartig Krach machen kann, wenn man sie nicht zum Wahnsinn treiben will. Aber dieses Haus hatte einen ziemlich großen Hof. Man muss wohl sowieso ein Volltrottel sein, um direkt neben einer Studentenverbindung zu wohnen.

Thorne war sofort untergetaucht, als wir ankamen. Er hatte bereits einen Haufen Leute vom E-Business-

Programm kontaktiert, und sie führten ihn herum, als sei er einer von ihnen. Da war zum Beispiel einer dabei, der Thaddeus hieß und aussah wie ein Beachvolleyballspieler oder so, sich dann aber als Computergenie outete. Ein anderer Typ – Bruce – sagte kaum einen Ton, haute einem dafür aber alle fünf Minuten auf den Rücken, um dann wieder in die Luft zu starren. Wahrscheinlich hatte er irgendwas eingeschmissen. Thorne stellte mich vor, aber als sie hörten, dass ich erst in die Elfte ging, verloren sie sofort jegliches Interesse.

Ich endete neben dem Fass, weil man da gut alleine rumstehen konnte. Aber in Wirklichkeit kam ich mir vor wie der letzte Loser. Das ist dieses blöde Gefühl, das manchmal in mir aufsteigt, wenn ich merke, dass einer der einsamsten Orte auf der Welt ein Raum voller Leute sein kann, die man nicht kennt.

Und dann fing plötzlich so ein Typ an, auf mich einzureden. Er war viel älter als ich – zuerst dachte ich, er wäre vielleicht ein Doktorand, aber dann wurde mir klar, dass er selbst dafür zu alt war. Beinahe so alt wie Mom, nur dass seine Joe-College-Klamotten ihn viel jünger wirken ließen, zumindest auf den ersten Blick. Je länger ich ihn ansah, desto trostloser kam er mir vor. Er sah aus wie der betrunkene Onkel von jemandem.

»Heiße Bywater«, sagte er und schüttelte mir die Hand. »Und du?«

»Jonah Black«, sagte ich. »Heißen Sie wirklich Bywater?« Ich wollte ihn nicht beleidigen, aber das hörte sich reichlich blöde an.

»Professor Bywater«, sagte er, und es klang halb stolz, halb beschämt. Er drehte meine Hand irgendwie um fünfundvierzig Grad, während er sie schüttelte. »Nett, dich kennen zu lernen. Ich nehme an, du bist einer von den Anwärtern?«

»Von den was?«, fragte ich.

»Den Anwärtern. Hast dich an der UCF beworben?«

»Oh«, sagte ich. »Nein. Ich bin hier nur mit einem Freund.«

Irgendwie stimmte was nicht mit dem Typ. Er sah mich nicht an, während er mit mir redete, sondern starrte den Mädchen hinterher.

Ein Mädchen mit schwarzen Locken und riesigen Brüsten ging an uns vorbei. Sie trug ein knalleges Top und war total betrunken.

»Was hältst du von dieser Party?«, fragte er. »Ich sage dir, Junge, die UCF ist genial zur Frischfleischbeschauung.«

Zuerst wusste ich noch nicht mal, wovon er redete, bis mir dann klar wurde, dass er Mädchen meinte. Ziemlich eklig, besonders für einen Professor.

»Magst du das Fach Englisch?«, fragte Professor Bywater.

»Ist okay«, sagte ich.

»Guter Junge«, sagte er. »Hilft einem, Antworten zu finden, nicht? Hilft einem, Fragen zu stellen.«

Professor Bywater schwang irgendwie ein bisschen

vor und zurück. Er hatte auf jeden Fall getrunken – und zwar reichlich.«

»Hören Sie«, sagte ich. »Ich muss weiter.« Es war wohl besser für alle Beteiligten, wenn ich auf dem schnellsten Wege verschwand. Dieser Typ deprimierte mich.

»Ich kann mich noch an die Zeit erinnern, als ich so alt war wie du«, sagte er. Es klang so, als wolle er noch etwas hinzufügen, ließ es dann aber bleiben.

»An was erinnern Sie sich?« Ich hatte das Gefühl, ich müsste das fragen.

»Daran, dass ich flachgelegt werden wollte«, sagte er.

»Ist das alles?«, fragte ich. »Das ist alles, woran Sie sich erinnern?«

»Jonah, sag mir, was du gerade in Englisch liest. Du bist in diesem wunderbaren Alter, wo man die ganzen großen Werke kennen lernt.«

»Ich weiß nicht. *Wer die Nachtigall stört.*« Das hatten wir zwar eigentlich in der siebten Klasse gelesen, aber irgendwie dachte ich, dass ihn das zum Schweigen bringen würde. Warum, weiß ich nicht. Funktionierte auch nicht.

»Harper Lee!«, rief er. »*Man kennt einen anderen Menschen erst dann, wenn man in seine Haut steigt und eine Weile darin herumgeht.* Glaubst du das, Jonah?«

»Ich weiß nicht«, sagte ich.

»Ich glaube, du weißt, dass es stimmt«, sagte Professer Bywater. »Ich glaube, du hast schon viel Zeit damit verbracht, in den Schuhen anderer Leute herumzulaufen.« Er zog seine Wildleder-Wallabees aus und schob sie mir zu. »Auf geht's. Lauf ein bisschen damit rum.«

»Im Ernst«, sagte ich. »Ich muss jetzt weiter.«

»Ich möchte dir was sagen«, sagte Professor Bywater. Er legte mir eine Hand auf die Schulter und sah mich über seine Lesebrille hinweg an. »Und ich sage dir das nur, weil wir verwandte Seelen sind, du und ich, nicht wahr? Gleichen einander wie ein Ei dem anderen, oder?«

»Es geht mir gut, wirklich«, sagte ich.

»Das ist das Geheimnis des Lebens. Bist du bereit?«, fragte er.

»Ich hab doch gesagt, es geht mir gut«, wiederholte ich. Ich hatte jetzt wirklich Angst vor diesem Typ.

»Such dir ein Mädchen, Jonah«, flüsterte er. »Ein Mädchen.«

»Okay.«

»Such dir ein Mädchen, Jonah, und bete sie an.«

»Okay«, sagte ich. »Danke für den Tipp.«

»Treibst du Sport?«, fragte er. »Ja. Das sehe ich.«

»Ich bin Turmspringer.«

»Das war ich auch mal«, flüsterte er und blies mir seinen Mundgeruch ins Gesicht. Er roch nach saurem Kohlsalat. »Ich war ein sehr guter Springer.«

Jetzt reichte es mir aber wirklich. »Das freut mich«, sagte ich und machte die Biege.

Ich hatte immer noch seinen Mundgeruch in der Nase und fühlte mich ein bisschen zittrig. Professor Bywater war wirklich eklig. Am anderen Ende des Raums drehte ich mich um und sah, wie er schon wieder jemand anquatschte, ein junges Collegegirl. Ich konnte an ihrem Gesichtsausdruck erkennen, dass sie ihn ebenfalls für bescheuert hielt. Mann, dachte ich. Was für eine arme Socke. Hing da mit vierzig bei Studentenpartys rum und versuchte Mädchen aufzureißen.

Und dann hatte ich auf einmal einen ganz furchtbaren Einfall. *Hast du den gesehen?,* dachte ich. *Das könntest du in zwanzig Jahren sein.*

Dieser Gedanke kam ganz plötzlich, aber dann fragte ich mich, wieso ich mir so was einreden musste. Ich bin nicht Professor Bywater. Ich bin noch nicht mal ein potenzieller Professor Bywater. Außer Turmspringen haben wir nichts gemeinsam. Vielleicht ist dieser komische Professor auch gar kein Professor, sondern nur irgendein Irrer, der sich Professor nennt und von allen geduldet wird, weil die Leute einfach höflich sind. Ich weiß nicht. Ich hoffe nur, dass ich ihm nie wieder begegnen muss.

Und jetzt kommt der gute Teil der Geschichte: Das Mädchen, das er angesprochen hatte, kam einen Moment später auf mich zu und lächelte. Das kam ganz natürlich, echt und ungezwungen. Sie hatte glatte braune Haare, sehr blasse Haut und ein kleines Muttermal direkt über dem Mund.

»Glaubst du, der kommt zurecht?«, fragte ich.

»Weißt du was? Das ist mir egal«, antwortete sie. »Ich hoffe eigentlich eher, dass er nicht zurechtkommt. Ätzende Type.« Sie schenkte mir wieder dieses süße Lächeln. »Ich heiße Molly Beale. Und du?«

»Jonah Black.«

»Weißt du, was ich mich gerade gefragt habe, Jonah Black, als dieser Loser mich angemacht hat? Ich habe mich gefragt, ob diese Collegepartyszene nicht vielleicht totaler Scheiß ist. Was meinst du?«

Das klang ganz ehrlich. Es klang so, als würde sie sich das wirklich in diesem Moment fragen – ob diese ganze Party daneben war oder nicht.

»Ich weiß nicht, ich bin neu hier«, sagte ich.

»Ich auch. Ich gehe nicht aufs College. Ich bin auf der Highschool. Ich schau mir die hier nur gerade alle an und frage mich, was mit denen los ist.« Sie sah sich neugierig um. »Ich meine, irre ich mich oder sind hier alle entweder betrunken oder blöde?«

Ich lachte. »Weißt du, jetzt, wo du es sagst, fällt mir auch auf, dass hier tatsächlich alle betrunken oder blöde sind«, sagte ich.

»Außer uns, natürlich«, sagte Molly.

»Natürlich.« Ich zuckte die Achseln. »Ich gehe auch nicht hier aufs College. Ich bin in der elften Klasse der Don Shula High, unten in Pompano Beach.«

»Ach, sieh mal einer an«, sagte Molly. »Ich bin aus Lauderdale-by-the-Sea. Ich bin in der Elften auf der St. Winnifred's.«

Ich konnte es nicht fassen. Wie aus dem Nichts taucht da auf einmal dieses süße Mädchen auf, das tatsächlich normal zu sein scheint. »Da kenne ich jemanden«, sagte ich.

»Wen?«

»Elanor Brubaker?«

»Oh, die«, sagte sie, und es war klar, wie wenig Molly für Elanor Brubaker übrig hatte.

»Ich kenne einen, mit dem sie mal zusammen war«, stellte ich klar.

»Wen, das Herzchen da drüben?« Sie deutete mit dem Kopf in Thornes Richtung, der Bier aus einem Trichter trank. Bruce, Thaddeus und ihre Kumpels feuerten ihn an. Thorne trank aus, schmatzte mit den Lippen, schnappte sich dann das nächstbeste Mädchen und küsste sie auf den Mund. Da klatschten alle noch lauter und Thorne küsste sie immer weiter. Das Mädchen wurde noch nicht einmal rot.

»Ja«, sagte ich.

»Mhm, Elanor ist so bescheuert, dass man noch nicht mal mehr darüber lachen kann«, sagte Molly. Sie schnippte ihr braunes Haar nach hinten. Eine unglaublich coole, elegante Geste. »Aber dieser Thorne ist sogar noch schlimmer. Ein Superspinner.«

Ich lachte. »Ja. Das finden die meisten wohl so verführerisch an ihm.«

»Ach, wirklich?«, sagte sie. Ihr Haar fiel wieder nach vorn. »Wer denn?«

»Ich weiß nicht.«

Sie sagte etwas, was ich nicht verstehen konnte, aber ich nickte trotzdem. Es war ehrlich gesagt ein bisschen schwierig, sie zu verstehen, die Musik war so laut.

»Also, warum bist du hier?«, fragte ich. »Wenn du hier nicht zur Schule gehst.«

Sie lächelte mich an. »Warum bist du hier?«

»Das ist eine lange Geschichte«, antwortete ich.

»Mmh, also, der St.-Winnifred-Chor singt hier Händels *Messias*. Das ist alles. Kurz und knapp.«

»Du singst im Chor?«

Sie fing an zu singen: »*Und sein Name soll heißen Wunderbar, Herrlicher, der Starke Gott, der Ewigkeiten Vater und Friedefürst.*« Sie hatte eine grauenhafte Stimme. Ich nehme an, ihr Schulchor war so einer, bei dem man nicht vorsingen musste, um angenommen zu werden.

»Lass uns wieder über Jungs reden«, sagte sie. »Und wie bescheuert sie sind.«

»Okay. Wenn du meinst.«

»Warum ist das so?«, fragte sie. »Ist das Absicht? Oder eher Zufall?«

»Ich weiß nicht«, sagte ich. »Vielleicht haben sie Angst.«

Sie starrte mich an. »Das ist eine interessante Antwort, Jonah Black. Du behauptest also, Jungs lügen Mädchen an, weil sie Angst haben. Wovor haben sie Angst?«

Ich dachte nach. Ich war mir nicht sicher, ob ich die

Antwort wusste. Molly war so anders, so hartnäckig.
»Ich weiß nicht. Vielleicht haben sie Angst davor, zurückgewiesen zu werden.«

»Zurückgewiesen? Warum sollten sie zurückgewiesen werden?«

»Weil wir nicht cool genug sind oder so.«

»Nicht cool genug«, wiederholte Molly. Wieder schnippte sie sich das Haar hinter die Ohren. »Das ist interessant. Aber was, wenn Coolsein gar nicht das ist, was Mädchen von Jungs wollen?«

»Das wäre mir neu.«

»Aber trotzdem«, sagte Molly. »Vielleicht wollen Mädchen ja einfach nur die Wahrheit.«

»Und die wäre?« Langsam kam es mir so vor, als wäre diese ganze Unterhaltung viel zu gescheit für mich. Waren alle Mädchen von St. Winnifred so?

»Die Wahrheit?«, fragte Molly. »Du fragst mich, was die Wahrheit ist? Du meinst, das weißt du nicht?«

»Ich finde es manchmal nicht so einfach, zu sagen, wer man wirklich ist.« Ich war mir noch nicht mal sicher, ob es das war, was ich sagen wollte.

»Und warum das?«, fragte sie.

»Weil man manchmal vielleicht nicht weiß, wer man wirklich ist?«

»Ah«, sagte Molly. »Du bist sehr interessant, Jonah Black. Und du hast bisher noch nicht einmal auf meinen Busen gestarrt.«

In dem Moment wollte ich natürlich nichts lieber als das, aber das ging jetzt nicht.

»Das wäre wohl nicht besonders höflich gewesen«, sagte ich und trank mein Bier in einem Zug aus.

»Weißt du, wir sollten uns vielleicht mal irgendwo hinsetzen und uns unterhalten, wo wir nicht diese Schwachsinnsmusik überschreien müssen. Oder findest du nicht auch, dass diese Musik nur was für Volltrottel ist?«, fragte Molly.

»Sie nervt«, sagte ich. »Sie nervt total.«

»Ich sehe gerade, dass das Sofa da drüben gerade frei ist, das mit dem Zebra-Imitat. Wie wär's, wenn wir beide uns da draufsetzen und uns weiter unterhalten würden?«

Ich würde allerdings noch ein Bier brauchen, wenn ich mich weiter mit dieser Molly unterhalten sollte.

»Ich weiß nicht.« Ich zuckte die Achseln.

»Ich sag dir was: Ich gehe jetzt für kleine Mädchen, wie meine Mutter das nennt, und dann lassen wir uns auf diesem Zebra-Diwan nieder und setzen die Analyse fort. Was hältst du davon?«

»Du weißt ziemlich genau, was du willst, oder?«, sagte ich.

Sie zuckte die Achseln. »Schauen wir mal.« Sie drehte sich um und durchquerte die Menge. Ich spürte, wie mir ein Tropfen Schweiß über die Stirn rann. Sie war wirklich sehr direkt. Und sie hatte einen schönen Hintern, wie mir auffiel, als sie sich entfernte. Ziemlich groß war sie auch. Ich glaube, ich mag Molly Beale.

In diesem Moment setzten sich zwei Mädchen auf das Zebra-Sofa. Ich wollte sofort hingehen und sagen, tut mir Leid, diese Plätze sind besetzt, aber das tat ich nicht.

Und zwar weil eines dieser beiden Mädchen POSIE war.

Das Herz schlug mir bis zum Hals. Ich konnte nicht fassen, dass sie da war. Ich sah mich um und suchte nach ihrem geheimnisvollen neuen Freund, konnte aber niemanden entdecken. Und das Mädchen, mit dem sie sich unterhielt, erkannte ich auch nicht. Aber was machte Posie überhaupt auf einer UCF-Party?

Dann fiel mir ein, wie ihre Mutter mir erzählt hatte, dass Posie zu einem College gefahren war. Aber meine Güte, musste das denn ausgerechnet die UCF sein?

Ich dachte an das letzte Mal, wo wir zusammen gewesen waren und ich sie aus Versehen Sophie genannt hatte. Und ich dachte an das Fernrohr, das sie mir geschenkt hatte.

Dann drehte ich mich um und schlüpfte durch die Küchentür nach draußen auf den Hof. Der Rasen war mit Plastikbechern übersät. Unter einem Baum schlief ein großer gelber Hund. Er hob den Kopf und sah mich an. Ich überlegte, ob ich mich übergeben musste. Manchmal kommt mir mein eigenes Leben total abgefahren vor. Als wäre ich eine Comicfigur, der gerade eins mit der Bratpfanne übergezogen worden ist und die dann eine riesige Beule mitten auf dem Kopf hat, um die Sternchen und Monde kreisen. Nur dass es bei mir vielleicht nicht Sternchen und Monde wären, sondern Mädchen.

Plötzlich stand jemand hinter mir, und ich dachte: *Bitte lass es nicht Posie sein.* Und dann: *Bitte lass es Molly sein.* Und schließlich: *Bitte lass es nicht Molly sein.* Und dann dachte ich...

»Komm, Jonah-Baby«, sagte Thorne. »Ich fahre dich zurück ins Hotel.«

»Nein, ist schon gut, ich habe nur...« Ich stierte ihn an. Ich sah wahrscheinlich ziemlich elend aus.

»Hey. Ist schon gut. Ich weiß, was du hast. Ich bringe dich schnell ins Hotel und fahre dann wieder hierher«, sagte Thorne. Er war ganz sanft für seine Verhältnisse.

»Bist du sicher?«

Thorne nickte. Er war merkwürdig ernst. Wir gingen zum Auto und fuhren zum Porpoise.

»Du hast mir nicht gesagt, dass Posie auch kommen würde«, sagte ich.

»Das wusste ich selber nicht.«

»Hat sie mich gesehen? Weiß sie, warum ich hier bin?«

»Ich glaube nicht«, sagte Thorne. »Und wenn sie mich fragt, erfinde ich was.«

»Ich wäre beinahe tot umgefallen, als ich sie gesehen habe.«

»Ja«, sagte Thorne. »Das habe ich gemerkt.«

Eine Weile fuhren wir schweigend weiter. Ich war froh, dass Thorne mich nicht zum Reden zwang. Und dass er die Party verlassen hatte, um mich zurückzufahren. Er ist ein feiner Kerl.

»Und wer war die Kleine, mit der du geredet hast?«, fragte er, als wir schon fast am Hotel waren.

»Sie heißt Molly Beale«, sagte ich.

»Molly Beale«, sagte Thorne und rollte den Namen auf der Zunge. »Sehr interessant.«

Wir kamen am Hotel an und ich stieg aus. »Noch ein letzter Tipp«, sagte er. »Wenn du jetzt eine Nachricht von Sophie hast, ruf sie nicht gleich zurück.«

»Nicht?«

»Nein. Immer dran denken: Lass sie warten.«

»Okay«, sagte ich. »Warten lassen.«

»Du hast mir nicht zugehört, oder, Jonah-Baby?«

»Nee.«

»Gut. Ich ruf dich morgen an«, sagte er. »Gute Nacht. Bis dann.«

Thorne fuhr mit seinem Beetle weg und ließ mich allein vor dem Porpoise zurück. Neben den Swimmingpools flatterten bunte Fähnchen im Wind. Es war dunkel und unzählige Sterne standen am Himmel.

Ich war froh, einen Freund wie Thorne zu haben.

Ich ging auf mein Zimmer. Da, neben dem Bett, stand das Telefon. Und das Nachrichtenlämpchen blinkte.

Ich raste los, nahm den Hörer ab und drückte auf den Knopf, ohne auch nur die Tür zu schließen. Die automatische Stimme sagte: »Eine Nachricht um 22:15 Uhr.« Das war vor weniger als zehn Minuten gewesen. Ich wartete darauf, dass die Nachricht kam, und währenddessen dachte ich an das, was Thorne gesagt hatte. *Lass sie warten.*

Dann kam die Nachricht. Man hörte Zimmergeräusche, im Hintergrund lief ein Fernseher. Ich konnte jemanden atmen hören. Erst ein, dann aus. Im Hintergrund sagte jemand etwas, aber ich verstand nicht, was. Dann war die Leitung wieder tot.

Was, wenn das Sophie gewesen war? Ist das das letzte Mal, dass ich je von ihr hören werde? Oder geht es jetzt erst richtig los?

Ich glaube, ich habe ein Problem.

(Immer noch 27. Dezember, 23:30 Uhr)

Okay, also jetzt habe ich gerade zu Hause angerufen, um festzustellen, ob jemand eine Nachricht für mich hinterlassen hat. Glücklicherweise bzw. unglücklicherweise ging Honey dran. Sie sagte, Mom sei mit Mr Bond zusammen und »nicht zu sprechen«.

»Hör mal«, sagte ich. »Hat jemand eine Nachricht für mich hinterlassen?«

»Was ist los, Blödkopf? Du hörst dich nach Problem an.«

»Ich habe gefragt, ob jemand eine Nachricht für mich hinterlassen hat.«

»Du rufst aus Orlando an«, sagte Honey. »Wo bist du, in einem Hotel?«

»Woher weißt du das?«, fragte ich.

»Die Orlando-Vorwahl wird hier angezeigt«, sagte sie

sachlich. »Dann bist du also wirklich nach Orlando gefahren. Aber sag mir jetzt bitte, bitte nicht, dass du sie in Disney World triffst.«

Ich war baff. Gibt es irgendetwas, was Honey nicht rausfinden kann? Das hätte mich wohl nicht so schocken sollen – ich meine, sie spricht ja nun mal sechs Sprachen und alles. Aber irgendwie hasse ich es, dass ich keine Geheimnisse vor ihr haben kann.

»Ja, ich treffe sie in einem Hotel, Honey«, gab ich zu. »Aber sie ist nicht hier. Und an der Rezeption sagen sie, dass niemand unter ihrem Namen eingecheckt hat. Ich glaube, sie versetzt mich.«

»Ja«, sagte Honey. »Hört sich so an.« Es klang, als fände sie das komisch. Als wäre ich der einfältigste Tölpel der Welt.

»Rufst du mich an, wenn sie mir zu Hause eine Nachricht hinterlässt?«, bat ich.

»Ich soll dich anrufen?«, sagte sie. »Klar, ich rufe dich an. Gib mir deine Nummer.«

»Soll ich warten, damit du dir einen Stift holen kannst oder so?«

»Nein, ich merke sie mir so.« Ja klar, Honey hat ein fotografisches Gedächtnis. Sie weiß jetzt noch die Vornamen der Eltern der Kinder, die vor elf Jahren mit ihr im Kindergarten waren.

Ich gab ihr die Nummer, und sie sagte: »Hör mal, Sackgesicht, du hörst dich gar nicht gut an. Ist Thorne bei dir?«

»Nein, er ist auf einer Party der UCF«, sagte ich.

»Wann kommt er wieder?«

»Ich glaube morgen, ich weiß nicht genau. Wir haben es irgendwie offen gelassen.« Sogar ich konnte einen völlig überflüssigen, verzweifelten Ton in meiner Stimme hören. Was bin ich bloß für eine arme Wurst.

»Ja, das hört sich alles reichlich offen an«, sagte Honey. »Hast du genug Geld für das Hotel? Das kostet ja bestimmt zweihundertfünfzig pro Nacht.«

»Schon gut«, sagte ich. »Ich habe Geld.«

»Das schau mal einer guck«, sagte sie, und es war klar, dass sie mir kein Wort glaubte. »Was du nicht sagst.«

»Okay«, sagte ich. »Ich glaube, ich lege jetzt besser auf.«

»Na ja. Ich wünsch dir was, Kleiner. Viel Spaß mit der Pizza.«

Sie legte auf.

Manchmal hasse ich meine Schwester.

(Immer noch 27. Dezember,
beinahe Mitternacht.)

Ich warte immer noch auf Sophie.

Ich habe jetzt gerade etwas Dummes gemacht. Ich wollte sehen, was im Fernsehen lief, und als ich es anmachte, erschien auf dem Bildschirm eine Werbung für »Univision«. Das ist dieses Hotel-Pay-TV, und die meisten Filme, die sie haben, habe ich entweder schon gesehen oder finde sie blöd.

Aber dann entdeckte ich, dass es auch zwei Pornofilme gab – *Geile Titten unterm Schwesternkittel* und *Sexsüchtige Studentinnen*.

Ich hatte noch nie einen Pornofilm gesehen, also dachte ich, zum Teufel noch mal, warum nicht jetzt. Ich meine, ich muss doch wissen, wie so was ist, und vielleicht würde es mich ja aus meiner schlechten Stimmung reißen. Mir helfen, Sophie und diesen bescheuerten Professor von der Party zu vergessen und auch das niedliche Mädchen, das ich versetzt hab, bevor wir uns näher kennen lernen konnten – Molly Beale. Ich meine, ich würde mich vielleicht nicht unbedingt besser fühlen, aber vielleicht würd es ganz witzig werden.

Also drückte ich auf die entsprechenden Tasten und ging das Menü durch, und schon bald lief *Sexsüchtige Studentinnen*. Es war ziemlich genau das, was ich erwartet hatte. Ich glaube, niemand schaut sich das wegen der guten Schauspielerinnen an.

Der Film lief noch keine Minute, als ich auch schon irgendwie nervös wurde, weil ich plötzlich dachte: *Hey, was passiert, wenn Sophie rüberkommt, während ich mir das angucke?* Ich versuchte den Fernseher auszuschalten, um mir zu beweisen, dass ich die *Sexsüchtigen Studentinnen* jederzeit ganz schnell abschalten konnte, aber die Fernbedienung ging nicht. Also stand ich auf und versuchte, den Fernseher am

Gerät auszuknipsen, aber keiner der Knöpfe schien zu funktionieren. Ich war wohl dazu verdammt, den Film zu Ende zu gucken. Nach nur zwei Minuten waren alle nackt und taten Dinge, die irgendwie ganz schön heftig waren. Aber es war auch irgendwie schwer, nicht hinzugucken.

Na ja, im schlimmsten Fall musste ich eben den Stecker rausziehen.

Ich legte mich wieder aufs Bett und sah mir den Film weiter an. Ein Mädchen hatte ein riesiges Muttermal auf dem Bauch, das aussah wie ein Fächer. Und die ganzen Jungs sahen aus wie Bücherwürmer mit total dicken Brillengläsern, Hemdtaschenschonern, Bügelfaltenhosen, Collegeschuhen und karierten Hemden. Aber als sie sich dann auszogen, sah man, dass es riesige Typen waren, voll gepumpt mit Steroiden und nahtlos gebräunt vom Sonnenstudio. Sie standen rum und taten total schüchtern, und das Mädchen mit dem Muttermal versuchte ihnen klar zu machen, dass sie das nicht zu sein brauchten und sich zu ihr legen sollten.

Sophie legt sich aufs Bett und ich lege mich daneben. Sie streichelt mir mit den Fingern über die Seite. Das kitzelt. Dann leckt sie mir den Nacken.

Gerade als ich so richtig in den Film reinkam, klingelte das Telefon. *Sophie?!*

Mein Herz raste. Ich hechtete zum Fernsehen, um es leiser zu stellen, aber das gelang mir nicht. Das Telefon klingelte und klingelte und ich war immer noch nicht drangegangen. Was, wenn Sophie wieder auflegte, während ich mit dem Fernseher rummachte und versuchte, die *Sexsüchtigen Studentinnen* leiser zu stellen? Ein größerer Loser konnte man ja wohl kaum sein. Also sauste ich zum Telefon und nahm den Hörer ab, betend, dass sie nicht erriet, was ich mir da ansah.

»Hallo?«, sagte ich.

»Hallo, Peanut«, sagte Honey. »Ich wollte nur wissen, wie's mit deinem Traumdate läuft.«

»Meinem Traumdate?« Ich versuchte mir blitzschnell eine Antwort einfallen zu lassen. Zu langsam für Honey.

»Meine Güte«, sagte sie. »Was läuft denn da bei dir?«

»Nichts«, sagte ich. Ich versuchte das Telefonkabel bis ins Badezimmer zu zerren, damit ich den Wasserhahn aufdrehen und so das Stöhnen, das aus dem Fernseher drang, übertönen konnte, aber es war nicht lang genug.

»Ach, du Schande, Butterball, du guckst doch nicht etwa Pornos auf Pay-TV, oder?«

»Rufst du aus einem bestimmten Grund an oder einfach nur, um mich zu quälen?«, fragte ich bitter.

»Hey! Das klingt nach *Sexsüchtige Studentinnen*«, sagte Honey. »Guckst du dir das gerade an? Das ist ziemlich gut. Ich kenne eins von den Mädels, die da mitspielen.«

»Das glaube ich dir nicht«, sagte ich.

»Doch, wirklich. Das Mädchen mit dem Muttermal. Das ist Elissa St. Susan. Eigentlich heißt sie Gertrude. Sie geht auf die St. Luke. Oder ging sie zumindest mal.« Honey kicherte. »Mein großer Bruder guckt ganz allein *Sexsüchtige Studentinnen* in einem Disney-Hotel, ich fass es nicht!«

»Ich muss jetzt auflegen«, sagte ich.

»Hey, du brauchst dich nicht dafür zu schämen«, sagte Honey. »Ich hab mir schon gedacht, dass du mittlerweile so weit wärst, dir Pornos reinzuziehen. Bald kommt eine gute Lesbenszene. Sie wird dir gefallen!«

»Tschüss!«, sagte ich und legte auf.

Ich ging zum Fernseher und zog den Stecker raus. Es wurde still. Dann ging ich zurück und brach auf dem Bett zusammen. Ich legte den Kopf in die Ellbogenbeuge.

Auf einmal ging der Radiowecker neben dem Bett los. Wahrscheinlich hatte der Gast vor mir ihn gestellt. Im Radio lief immer noch Moms Sendung, sodass ihre Stimme jetzt das Zimmer füllte.

»Bist du nett zu dir selbst?«, fragte sie.

Ich zog auch den Stecker vom Radio raus. Ich glaube es nicht! Da sitze ich hier und versuche mit meinem Traumgirl zusammenzukommen, aber sie versetzt mich, und dafür verfolgen mich meine Schwester und meine Mutter. In meinem nächsten Leben möchte ich ein Fisch sein, sodass ich untertauchen kann und mit niemandem mehr reden muss.

28. Dezember, 8:35 Uhr

Immer noch keine Sophie. Ich fühle mich wie der totale Idiot. Ich glaube, heute muss ich bei ihr zu Hause in Maine anrufen und schauen, ob sie da ist. Wenn ihre Eltern rangehen, lege ich auf.

(Immer noch 28. Dezember, 8:44 Uhr)

Okay, jetzt hab ich also gerade in Maine angerufen, und was war? Keiner rangegangen. Ich saß auf dem Bettrand, hörte mein Herz klopfen und das Telefon klingeln – ungefähr 750 Kilometer weiter weg. Ich hielt die Hand direkt über die Austaste, für den Fall, dass ihr Vater rangehen würde, aber es klingelte einfach nur immer weiter. Es gab noch nicht mal einen Anrufbeantworter, was wirklich komisch ist. Aber mit Sophie kommt wohl immer alles anders, als man denkt.

Tja, da muss ich wohl weiter im Ungewissen bleiben. Was soll ich jetzt tun? Den ganzen Tag im Hotelzimmer sitzen und darauf warten, dass das Telefon klingelt? Am Pool rumliegen und nur ab und zu mal nachsehen, ob Nachrichten eingegangen sind? Nach Thorne suchen und dann nach Hause fahren?

Wenn ich auch nur ein kleines bisschen Verstand hätte, würde ich Möglichkeit Nummer drei wählen.

(Immer noch 28. Dezember, 11:00 Uhr)

Schließlich rief ich Dr. LaRue an. Ich wählte seine »Nach der Stunde«-Nummer und dachte: *Wow, wenn ich Dr. LaRue anrufe, habe ich wahrscheinlich ein größeres Problem, als ich es mir selbst eingestehe.* Aber es war gut, überhaupt jemanden zu haben, den man anrufen konnte.

Also hab ich dem Arzt erzählt, was los ist, und er wirkte noch nicht mal überrascht. Als ob er nichts anderes von mir erwartet hätte, als dass ich mich in diese blöde Situation bringen würde. »Soll ich kommen und Sie abholen, Jonah?«, bot er mir an.

Das fand ich ein ziemlich großzügiges Angebot, vor allem wenn man bedenkt, dass ich ihn normalerweise total mies behandle.

»Nein, mir geht's gut. Thorne fährt mich nach Hause«, sagte ich.

»Möchten Sie, dass ich Ihre Mutter anrufe?«

Das war das Letzte, was ich wollte. »Nein, mir geht's wirklich gut«, sagte ich. »Ich dachte nur, ich sollte jetzt vielleicht mit jemandem reden. Das ist alles ganz schön abgedreht.«

»Sie klingen enttäuscht, Jonah«, sagte Dr. LaRue.

»Ja. Das kann man wohl sagen.«

»Warum, glauben Sie, sind Sie enttäuscht?«, fragte er.

»Weil Sophie so ein Flop ist. Weil sie versprochen hat, mich hier zu treffen, und ich stattdessen jetzt in diesem Hotelzimmer herumliege und total gelangweilt bin.«

»Das sind gute Gründe«, sagte Dr. LaRue. Es kam mir so vor, als hörte ich im Hintergrund Wasser laufen. Ich fragte mich, was er wohl tat. War er mit dem Telefon auf dem Klo? »Gibt es noch andere Gründe, weswegen Sie enttäuscht sind, außer der Sache mit Sophie?«, fragte er.

Im Hintergrund plätscherte es immer noch, und ich dachte: *Also wirklich. Dr. LaRue wird doch wohl nicht pinkeln, während er sich mit mir unterhält?*

»Jonah?«, sagte Dr. LaRue.

»Ich bin noch dran.« Man konnte das Geräusch immer noch hören, und auf einmal war ich total genervt, dass Dr. LaRue sich nicht auf mich konzentrierte. Er hätte einfach den Hörer ablegen und sagen können: *Einen Moment, Jonah.* Oder so. Ich hätte gewartet. Wäre mir auch gar nicht schwer gefallen.

Da ging die Toilettenspülung. Ich konnte es nicht

fassen. Mein Psychiater pinkelte, während er mit mir sprach! Das ist doch total daneben, oder?

»Ich habe gefragt, ob es noch andere Gründe gibt, weswegen Sie enttäuscht sind«, sagte Dr. LaRue.

»Ja. Ich bin enttäuscht von mir selbst«, sagte ich. Ich wusste, dass es das war, was er hören wollte. Ich wollte nur noch weg vom Telefon.

»Gut, Jonah«, sagte er. »Gut. Und was wollen Sie jetzt machen?«

Ich hörte Wasser ins Waschbecken fließen. Jetzt wusch der Doktor sich also die Hände. Ich hatte die Nase voll.

»Ich zeige Ihnen, was ich jetzt mache«, sagte ich. Und dann legte ich auf.

Ich ging rüber zum Spiegel, der über der glänzenden Hotelkommode hing, und sah mir direkt ins Gesicht. »Ich werd dir erzählen, was du jetzt machst«, sagte ich zu mir selbst. »Du gehst ins *Magic Kingdom.*«

(Immer noch 28. Dezember, 16:30 Uhr)

Okay. Zurück von einem langen Tag im *Magic Kingdom.* Ich verließ das Hotel, nahm den Shuttlebus zum Park und war um Mittag da.

Ich liebe Disney World. Entweder habe ich vergessen, wie sehr ich es gemocht habe, als ich ein Kind war, oder ich habe jetzt eine andere Perspektive, jedenfalls brachte es mich echt in bessere Laune, dort zu sein. Als Allererstes ging ich zur Geisterbahn, die mir schon als Kind immer am besten gefallen hatte. Es war so cool! Fast vergaß ich Sophie und die ganze dämliche Situation. Sogar Anstehen ist cool. Auch das hatte ich vergessen: wie es war, Stunden im *Magic Kingdom* zu verbringen und einfach nur herumzustehen. Das gab mir Zeit zum Nachdenken. Beziehungsweise zum Nichtnachdenken.

Als ich dann endlich drin war, landete ich mit diesem coolen Trick in dem »verschlossenen Raum«, der eigentlich ein Aufzug ist. Und dann werden die Bilder an der Wand immer größer, und ohne richtig zu wissen, wie, sitzt man auf einmal in so kleinen Autos und saust durch die Anlage. Es gibt so viel zu sehen, dass man gar nicht alles aufnehmen kann. Ich liebe die körperlosen Köpfe, die auf dem Friedhof singen.

Und dann geschah etwas ganz Komisches. Als ich durch den großen Spukballsaal fuhr, drehte sich mein Autochen, und ein paar Autos vor mir entdeckte ich Posie und ihre Schwester Caitlin! Sie bemerkten mich nicht und einen Moment später drehte sich mein Auto in eine andere Richtung, und ich war mir noch nicht einmal ganz sicher, dass sie es wirklich gewesen waren.

Ich dachte daran, wie ich Posie auf der UCF-Party gesehen hatte, und fragte mich, ob sie Thorne später getroffen hatte. Ich konnte mir vorstellen, wie Posie und Molly Beale zusammen auf einem Sofa saßen und über mich redeten. Darüber, wie abgedreht ich war.

Na ja, als mein Auto auf dem Weg nach draußen war, kam ich an dieser abgefahrenen Stelle vorbei, wo man sich im Spiegel sehen kann und die Illusion hat, es sitze ein Gespenst im Auto. Ich war überrascht von meinem eigenen Spiegelbild. Ich sah so elend aus, dass ich mich noch nicht einmal selbst erkannte. Dann stieg ich aus und ging rüber zu den *Pirates of…*

Okay, jetzt ist es ungefähr fünf Minuten später und das Telefon hat gerade geklingelt. Thorne.

»Die UCF ist echt abgefahren, Jonah. Absolut irre. Das College wird eine einzige Riesenparty«, teilte er mir mit.

»Hör mal, Thorne, ich muss dich was fragen. Hast du Posie auf der Party gesehen, als du zurückgekommen bist? War sie immer noch da?«

»Posie? Nein. Sie war schon weg. Aber ich sage dir, es wäre nicht schlecht, wenn ein paar von den Mädchen an unserer Schule ein bisschen was von dem lernen würden, was diese UCF-Mädels draufhaben.«

»Was denn zum Beispiel?«

»Ach, verrücktes Zeug, für das du noch zu jung bist, Mr Sexbombe. Aber hör mal, Jonah, ich komme heute Abend nicht ins Hotel, okay? Ich habe hier noch einen äußerst wichtigen Termin«, sagte er.

»Was meinst du mit ›äußerst wichtig‹?«, fragte ich.

»Äußerst wichtig«, wiederholte Thorne, aber ehrlich

gesagt klang es gar nicht so. »Ich hole dich morgen ab, ja?«

»Okay«, sagte ich.

Dann entstand eine Gesprächspause, bis Thorne schließlich fragte: »Sophie hat nicht angerufen, oder?«

»Nein«, erwiderte ich. Mir war zum Heulen.

Thorne seufzte. »Ach, zum Teufel mit ihr. Selbst wenn sie jetzt anriefe, würde ich an deiner Stelle nicht mehr mit ihr reden. Du bist schließlich kein dressierter Seehund, der durch einen Reifen springt, oder? Du musst ihr klar machen, dass so was nicht mit dir läuft, Kumpel.«

»Ja, hast ja wahrscheinlich Recht«, sagte ich. Und danach legte ich auf. Jetzt sitze ich wieder hier und schreibe und warte darauf, dass der Zimmerservice mit einem Teller Nachos auftaucht, die ich mir eigentlich nicht leisten kann.

Nach der Geisterbahn ging ich also rüber zu den *Pirates of the Carribean.* Ich hab das Piratenschiff und das Feuer schon immer geliebt, aber ich hatte diesen Typ vergessen, der die Piratenbraut immer im Kreis rumjagt. Das hat mich dermaßen an mich erinnert! Ich laufe die ganze Zeit im Kreis rum, aber wie nah ich auch rankommen mag – das Mädchen rennt immer unerreichbar vor mir her.

Ich weiß noch, wie ich einmal zu Sophie ging, als sie im Werkraum saß und malte. Sie sah aus, als wäre ihr zum Heulen, versuche aber, die Tränen zurückzuhalten. Sie malte ein blondes Mädchen, das am Rand einer Klippe stand und gerade runterspringen wollte. Ich wusste nicht, was ich sagen sollte, aber ich wollte unbedingt etwas sagen.

»Wer wird sie retten?«, fragte ich schließlich.

Und Sophie antwortete mit dieser ganz abwesenden Stimme: »Das kann keiner, sie muss springen.«

Vielleicht habe ich mich da in sie verliebt, weil ich derjenige sein wollte, der sie rettete. Und in gewisser Hinsicht passierte ja dann auch genau das. Ich rettete sie vor Sullivan.

Ich glaube, ich rette gern Menschen – auch wenn mich das nicht gerade weiterbringt.

Ich erinnere mich noch an eine Geschichte, als Honey und ich ungefähr in dem gleichen Alter waren wie damals bei der Suche nach Tobys Grab. Wir waren im Schwimmbad und das war echt voll. Es war ein schwüler Sommertag und wir spielten »Marco Polo« im Wasser. Die größeren Kinder warfen sich über unseren Köpfen eine Frisbeescheibe zu. Ich strampelte mit verbundenen Augen im Pool herum und rief: »Marco«, und dann war Honey mit »Polo« dran. Natürlich war sie da auch schon ein Genie, und wie nah ich auch bei ihr zu sein glaubte, jedes Mal wenn sie wieder »Polo« sagte, stand sie plötzlich ganz woanders.

Und dann hörte ich einen dumpfen Aufprall. »Marco!«, rief ich, aber niemand antwortete. Ich rief noch mal, aber wieder keine Antwort. Ich bekam Angst und riss mir die Augenbinde runter. Honey trieb im

Wasser. Die Frisbeescheibe der größeren Kinder hatte sie wohl an der Schläfe getroffen und außer Gefecht gesetzt. Der Bademeister bemerkte es noch nicht einmal. Er war ja auch nur ein größerer Junge mit zinkweißer Nase, der in seinem Stuhl eingeschlafen war.

Ich zog Honey ins flache Wasser, legte sie auf die Treppe und versuchte Mund-zu-Mund-Beatmung zu machen, da kam sie langsam wieder zu sich. Ich glaube, sie begriff ziemlich schnell, was passiert war: Sie tauchte rüber ins Tiefe, riss einem der Jungs die Frisbeescheibe aus der Hand und donnerte sie ihm auf den Kopf.

Das ist das einzige Mal, dass ich außer Sophie jemanden gerettet habe. Komisch, ich weiß noch nicht mal, ob Honey sich daran erinnert. Ich muss sie mal danach fragen, wenn sie gerade nicht so ätzend ist. Aber wahrscheinlich wird es wieder so sein wie bei Tobys Grab – ich wette, Honey hat die Geschichte ganz anders behalten als ich. Ich frage mich, wie Sophie die Nacht nach dem Ball in Erinnerung hat, die Nacht, in der ich sie vor Sullivan gerettet habe. Wahrscheinlich auch ganz anders als ich.

Ob Betsy Donnelly Recht hatte, mich vor Sophie warnen zu wollen? Ich habe nie auf ihre Mail geantwortet, was wohl ein bisschen fies war. Ich wollte eben einfach nichts Blödes über Sophie hören.

Ich frage mich, was Betsy wohl dächte, wenn ich sie jetzt anrufen würde. Ich habe ja die perfekte Entschuldigung, da Sophie mich versetzt hat und Betsy schon die ganze Zeit wusste, dass man ihr nicht trauen konnte.

Okay, gerade habe ich die Nummer vom Mädchenschlafsaal in Masthead gewählt und das Telefon klingelt. In Betsys E-Mail stand ja, dass sie über die Weihnachtsferien dort bleiben würde, was eigentlich irgendwie traurig ist. Das Telefon klingelt immer noch.

Betsy nimmt bestimmt gleich ab.

»Ist Sophie nicht aufgetaucht?«, wird sie fragen.

»Nein«, werde ich antworten. »Aber ich frage mich, ob du runterkommen könntest, Bets. Ich vermisse dich.«

»Ich vermisse dich auch«, wird sie antworten, dann ins nächste Flugzeug springen und bald an meine Tür klopfen. Und dann gucken wir die ganze Nacht Pay-TV, hängen hier ab und duschen zusammen.

Ein paar Sekunden später: Ein Mädchen nimmt ab.

Sophies Stimme!

»Hallo?«, fragte ich. »Sophie?«

»Sophie?«, sagte die Stimme und dieses Mal klang es nicht nach ihr. »Du hast die falsche Nummer gewählt, okay?«

»Sophie, bist du das?«

»Ruf bloß nicht noch mal hier an! Du hörst doch, was ich sage!«, sagte das Mädchen, und dann war die Leitung tot.

Und jetzt liege ich hier und frage mich, ob es wirklich Sophie war, die ans Telefon gegangen ist. Vielleicht ist sie ja auch über Weihnachten dageblieben.

Oder vielleicht war es Betsy oder eine falsche Nummer oder vielleicht drehe ich ja auch gerade durch. Ich glaube, ich muss hier raus, aber jetzt klopft jemand an die Tür.

Keine Panik. Sind nur meine Nachos.

(Immer noch 28. Dezember, 21:00 Uhr)

Jetzt sitze ich hier in der Bar und esse Brezeln. Ich weiß auch nicht. Ich glaube, sie hat mich verarscht. Oder wie Pops Berman sagen würde, sie hat mich zum Vollidioten gestempelt.

Aber vielleicht ist das ja auch nur gut für mich. Ich glaube, langsam komme ich wieder zu mir, und mir wird klar, wie blödsinnig das alles war. Ich muss mich jetzt auf die Realität konzentrieren, aufs Turmspringen und darauf, durch dieses Schuljahr und die Zwölfte zu kommen und mich fürs College zu bewerben. Ich kann nicht irgendein Mädchen anhimmeln, das mich noch nicht einmal ernst nimmt, sondern ganz offensichtlich für eine Witzfigur hält, die sie schamlos anlügen kann.

Ich frage mich, wie Mom nächstes Jahr drauf sein wird, wenn Honey in Harvard ist. Wird sie es hart finden, dass ihre Tochter aus dem Haus ist? Irgendwie verzeihe ich Mom sogar, dass sie im Moment so ausflippt. Wir leben in ausgeflippten Zeiten.

Ich glaube, ich kann fast allen verzeihen. Das Leben

ist so verdammt kompliziert, dass es ein Wunder ist, dass nicht noch mehr Leute ausflippen.

Ich denke immer noch an Pops Berman und das Mädchen, in das er verliebt war. Ich hoffe, Pops geht es gut, wenn ich wiederkomme.

29. Dezember, 6:30 Uhr

Okay, ich bin wach und sitze im Hotelrestaurant. Ich habe gerade einen Stapel Pfannkuchen verdrückt, nach der verrücktesten Nacht meines Lebens. Es ist passiert. Ich habe sie gesehen.

Ganz ruhig. Ich möchte das jetzt wirklich ganz genau aufschreiben.

Okay. Letzte Nacht, ungefähr um ein Uhr, fing es an. In meinem Zimmer klingelte das Telefon.

»Jonah?«

»Ja, ich bin dran«, sagte ich. »Sophie?«

»Ja, hier ist Sophie«, sagte sie.

»Sophie! Mein Gott, wo bist du?« Ich schrie beinahe.

Dieses Mal war sie es wirklich. Keine Fata Morgana.

»Wir wohnen im Dolphin-Hotel. Ich hab es verwechselt, weißt du? Porpoise, Dolphin, wie soll man da nicht durcheinander kommen? Geht's dir gut?«, fragte sie. Sie schien die Verwechslung nicht besonders seltsam zu finden oder zu bedauern.

»Ja, mir geht's gut«, sagte ich. Aber ich dachte

auch: *Hm, wäre nett gewesen, wenn du mich früher angerufen hättest.*

»Darf ich rüberkommen?«, fragte Sophie. Sie flüsterte, und ich überlegte, ob sie wohl mit mir redete, während ihre Eltern im selben Zimmer schliefen. Oder ihre kleine Schwester oder so.

»Klar«, sagte ich. »Jetzt gleich?« Ich sah auf die Uhr.

»Ja. Ich kann in ungefähr zwanzig Minuten da sein. Ist das in Ordnung? Welche Zimmernummer hast du?«

»201-J.«

»Okay. Ich komme jetzt.«

Und dann, um 1.40 Uhr, betrat Sophie O'Brien mein Zimmer. Sie klopfte leise. Ich öffnete die Tür. Da stand sie: Sophie. Sie trug die Haare noch genauso, wie ich sie in Erinnerung hatte, höchstens ein bisschen länger.

»Jonah?«, fragte sie zweifelnd. »Jonah Black?«

Sie war sich wohl nicht ganz sicher, ob ich es war. Ich nickte. Klar war ich ich.

Sie kam zu mir und umarmte mich. Die Tür fiel zu und Sophie drückte sich an mich, dieses sagenhafte Mädchen, drückte seinen Körper gegen meinen. Dann legte sie den Kopf in den Nacken und unsere Lippen fanden sich. Wir küssten uns sehr lange. Mmh: wie ein Glas Limonade am heißesten Tag des Sommers. Ein frischer Wind auf dem Berggipfel. Schokolade und laute Musik und ein dreifacher Salto vom Dreimeterbrett.

Wir gingen rüber zum Bett und ich setzte mich ans Fußende und sah sie an. Sie trug so ein dünnes kleines Sommerkleidchen mit hellgelben Streifen, das über und über mit roten Farbklatschern bedeckt war, wie Blumen oder ein Feuerwerk oder so. Ich konnte ihren blauen BH unter dem seidigen Material erkennen. Auch ihre Haare waren voller Farbe – hauptsächlich blond, aber mit ein paar rotbraunen Streifen drin. Außer rosafarbenem Lippenstift trug sie kein Make-up und sie verdrillte irgendwie nervös ihr langes Haar über der Schulter.

»Es tut mir so Leid«, flüsterte sie. »Ich bin so bescheuert.«

»Nein, bist du nicht. Du bist toll«, widersprach ich.

»Nein«, sagte sie und setzte sich neben mich aufs Bett. Ich sah ihr in die Augen und sog sie total in mich ein. Sie war wirklich da. Sie war wirklich wirklich!

»Nein, *du* bist toll! Ich warte schon so lange darauf, mich für das zu bedanken, was du für mich getan hast. Du bist doch wegen mir von der Schule geflogen, oder? Ich weiß immer noch nicht, wie ich Danke sagen soll.«

»Das hast du doch schon«, sagte ich.

»Ich erzähle dir was, Jonah Black«, sagte sie, und ihr Gesicht wurde ganz ernst und verdunkelte sich. Es war beinahe unheimlich. »Eines Tages werde ich dir auch einen Gefallen tun. Hast du gehört?«

»Sophie, du schuldest mir nichts.«

»Das ist mein Ernst«, sagte sie mit diesem unheimlichen Gesichtsausdruck, der mir wirklich Angst machte. »Eines Tages werde ich meine Schuld bezahlen. Okay?«

Und dann verschwand die Wolke von ihrem Gesicht, so schnell, wie sie gekommen war. Sie sah wieder normal aus und lächelte mich an. »Meine Güte«, sagte sie. Sie sah mich von oben bis unten an. »Jetzt schau dich nur mal an!«

»Nein, schau du dich an«, gab ich zurück.

Sie lachte, aber ihr Lachen war nicht süß und albern. Es war ein trauriges Lachen. Älter als sie.

»Was war denn los?«, fragte ich. »Ich dachte, wir hätten uns für gestern verabredet.«

»Wirklich?« Sie zuckte die Achseln und lächelte mich an. »Kann sein.« Sie sah sich um. »Mann, Hotelzimmer sehen irgendwie alle gleich aus, was?«

»Ja«, sagte ich, obwohl ich ja noch gar nicht in so vielen gewesen war.

»Wie geht es dir? Bist du nervös?«, fragte sie.

»Ein bisschen«, antwortete ich.

»Das brauchst du nicht zu sein«, sagte Sophie. Sie schmiegte sich an mich, legte ihre Hand auf meinen Hinterkopf und küsste mich noch mal.

Ihre Lippen fühlten sich so zart und verletzlich an, dass ich beinahe Angst hatte, ihre Küsse zu erwidern. Wie eine flackernde Kerzenflamme, die ausgehen könnte, wenn man sich zu rasch bewegte.

Nach einer Weile löste sie sich von mir. »Also, ich möchte das wirklich ganz und gar verstehen«, sagte Sophie. »Damals in Masthead. Die Ballnacht. Du bist mit dem Auto des Rektors in die Motelmauer gekracht?«

»Ja«, sagte ich. So wie sie es sagte, klang es nicht sehr heldenhaft. »Es war ein Unfall.«

»Was hattest du da eigentlich vor? Ist es okay, wenn wir jetzt noch ein einziges Mal darüber sprechen?«, fragte sie. »Ich meine, ich kenne die Eckdaten, aber sonst verstehe ich nichts.«

Ich zögerte. Sophie nahm meine Hand. Ich schloss die Augen.

»Ich wollte...« Ich zuckte die Achseln. Ich wusste selber nicht mehr genau, was ich an diesem Abend vorgehabt hatte. »Ich hab nur versucht, Sullivan davon abzuhalten, dich... du weißt schon, zu etwas zu zwingen, was du nicht wolltest. Ich weiß, dass er die Akten von jedem Mädchen der Klasse kannte, sodass er genug Informationen hatte, um euch zu erpressen.«

Ich öffnete die Augen wieder. Sophie nickte. »Ja«, sagte sie, »stimmt. Echt ein Superverführer, der Typ.«

»Und Betsy Donnelly hat mir gesagt, jemand müsste ihn stoppen«, erzählte ich weiter.

»Und da hast du beschlossen, mit dem Auto des Rektors ins Motel zu brettern?«, fragte Sophie.

Ich zuckte die Achseln. »Ich bin wohl kein sehr guter Fahrer.«

Sophie lachte, als fände sie das urkomisch. Aber es war einfach nur die Wahrheit.

»Eigentlich wollte ich natürlich nicht ins Motel reindonnern«, erklärte ich. »Aber ich habe den Überblick verloren. Ich glaube, ich bin aufs Gas getreten statt auf die Bremse.«

»Mit dem Peugeot des Rektors, Jonah? Hätte ein Honda oder so was nicht auch gereicht?«

»Na ja, jedenfalls«, fuhr ich fort, »rannten alle schreiend aus dem Motel raus, nachdem ich das Auto geschrottet hatte. Ich sah dich in die Nacht rausstürmen.«

»Ich habe dich auch gesehen«, sagte Sophie. »Daher kenne ich dich. Du hast hinten im Polizeiwagen gesessen, nicht?«

Natürlich war ich das, Sophie, wer denn sonst?, dachte ich. Konnte sie sich wirklich überhaupt nicht aus meiner Zeit in Masthead an mich erinnern?

»Ich habe ihnen gesagt, ich wäre in dem Motelzimmer gewesen, nicht du und Sullivan. Damit du nicht rausgeworfen wurdest«, sagte ich.

»Genau das kann ich nicht begreifen«, sagte Sophie. »Du hast dich rausschmeißen lassen. Für mich. Ich meine, du kennst mich ja noch nicht mal!«

Ich lächelte sie an. »Würde dich aber gerne kennen lernen«, sagte ich.

»Hm«, sagte Sophie und lächelte auch. »Deshalb sind wir wohl jetzt hier, oder?«

»Mhm«, sagte ich glücklich.

Wir küssten uns noch mal und dieses Mal dauerte es länger. Stundenlang, hatte ich das Gefühl. Es war wie ein wilder Traum, aus dem ich nicht mehr aufwachen wollte.

»Aber«, sagte ich ungefähr fünfundzwanzig Jahre später, als unsere Lippen ermüdet waren und wir eine Pause machen mussten, »was stand denn in deiner Akte? Was war es, was Sullivan herausgefunden hatte und was er allen erzählen wollte?«

Schon als ich es sagte, wusste ich, dass das ein Fehler war. Sophie wurde ganz steif, und es kam mir so vor, als würde sie ihre Augen nach innen einrollen.

»Ich weiß nicht«, sagte sie kühl. »Keine Ahnung.«

Aber es klang so, als wüsste sie ganz genau, was Sullivan entdeckt hatte. Es ärgerte mich ein bisschen, dass sie mir das nach allem, was ich für sie getan hatte, nicht sagen wollte. Aber vielleicht war ich ja auch zu schnell vorgeprescht. Sie würde es mir sagen, wenn sie so weit war.

Sophie rückte von mir ab. Sie sah jetzt nervös aus. »Glaubst du, es war falsch, uns hier zu treffen?«

»Ich weiß nicht«, sagte ich. »Ich hoffe nicht. Es ist nur so komisch, nach der ganzen Zeit wirklich hier nebeneinander zu sitzen.«

»Wenn du wüsstest«, sagte Sophie und lachte leise. Es war ein komisches Lachen. Als hätte sie einen Witz gemacht, den nur sie verstand.

»Wenn ich was wüsste?«

»Wenn du wüsstest, wie oft ich an dich gedacht habe«, sagte sie, aber es klang nicht so, als ob es wirklich das gewesen wäre, was sie gemeint hatte.

»Ich habe auch oft an dich gedacht.« Ich küsste sie noch mal, ganz sanft, um sie nicht zu verschrecken.

Dann nahm Sophie ihr Kleid am Saum und zog es sich in einer einzigen fließenden Bewegung über den Kopf. Und da saß sie auf dem Bett, mit ihrem blauen BH, dem passenden Slip und einer kleinen blauen Satinrose auf dem Hüftgummi.

»Lass es uns tun«, sagte sie. »Ja? Jonah, ich glaube, wir sollten jetzt einfach anfangen und es tun. Oder was meinst du?«

»Ja«, sagte ich.

Ich schlüpfte aus dem T-Shirt und dann stand ich auf und zog meine Boxershorts aus. Eine Sekunde später war ich ganz nackt und Sophie strahlte übers ganze Gesicht.

Dann strich sie mir über die Brust, den Bauch und die Taillengegend meines Rückens. »Du wirkst sehr sportlich. Bist so 'n Turmspringerstar, nicht?«, sagte sie.

Ich zuckte die Achseln. »Glaub schon.«

»Du hast einen tollen Körper«, sagte sie.

»Musst du gerade sagen.«

Dann kniete Sophie sich aufs Bett und bedeckte meine Brust mit ganz vielen winzig kleinen Küssen, und jeder war wie ein Regentropfen, der in den Ozean fiel. Und dann drehte sie mich herum und küsste meinen Rücken und meine Schultern. Ich wollte herumwirbeln, um sie an mich zu ziehen, aber sie hielt mich zurück, griff nach hinten und zog ihren BH aus. Kurz danach schlüpfte sie auch aus ihrem Höschen.

Und dann – Mann, ich kann kaum glauben, dass ich das schreibe! Ich legte mich hin und mein Kopf lag auf dem Kissen und Sophie kniete über mir, küsste meinen Bauch, die Brust und den Hals. Und dann legte sie sich auf den Rücken, und ich fing an, sie zu küssen. Am ganzen Körper.

Ich hatte das Gefühl, zwei Menschen zu sein: der Jonah, dem das gerade geschah, und ein anderer Jonah, der einen Schritt zurücktrat und dachte: *Ist das zu glauben? Wirst du auch jedes kleine Detail behalten, sodass du dich dein ganzes Leben lang an diesen Augenblick erinnerst?* Ich meine, was, wenn so was passierte wie bei Pops Freundin? Wir könnten beide vom Blitz getroffen werden und uns nie wieder so küssen, wie wir uns da geküsst haben.

Dann setzte Sophie sich auf. »Ich muss ins Bad«, sagte sie. »Ich komme gleich wieder, ja?«

Ich konnte nichts sagen. Ich nickte bloß.

Sophie nahm ihre kleine rote Tasche, und ich sah ihr nach, wie sie damit ins Bad ging. Als sie die Tür hinter sich schloss, kniff ich die Augen zu und sah ihren Körper im Geiste vor mir, wie aufgedruckt auf meinen Augenlidern.

Sie blieb ungefähr fünf Minuten im Bad, bevor sie zurückkam. Ich sah, dass sie sich die Haare gebürstet, mehr Lipgloss aufgelegt und noch einmal zurechtgemacht hatte. Ich konnte nicht fassen, dass sie versuchte, noch sexier für mich zu sein, als sie sowieso schon war.

»Okay, Jonah«, sagte sie. »Lass es uns jetzt machen.«

Ich konnte nicht begreifen, dass ich nach all den Jahren meine Jungfräulichkeit an dieses sagenhafte Mädchen verlieren sollte, das mich für einen Helden hielt, obwohl ich nichts anderes getan hatte, als ein Auto in ein Motel zu rammen. Aber damals hatte ich mich wie ein Held gefühlt. Und wir hatten aufeinander gewartet. Es würde perfekt werden.

Sophie legte den Kopf aufs Kissen und ihre Haare flossen über das Laken. Ich küsste ihren Hals.

In diesem Moment flog ein Hubschrauber über das Hotel. Sophie verspannte sich und sah erschrocken aus. »Oh, nein, die Hubschrauber«, stöhnte sie.

Sie rollte vom Bett, ging zum Fenster und lugte durch die Vorhänge. Der Hubschrauber wurde leiser.

»Was für Hubschrauber?«, fragte ich.

Sophie lächelte wieder so komisch. »Ach, nichts«, sagte sie. Sie kam zurück, legte sich aufs Bett und ich rollte mich auf sie. Aber da hob sie den Kopf und flüsterte: »Nein, Jonah, küss mich noch ein bisschen.«

Also küsste ich mich langsam an ihrem Körper herunter. Ich küsste sie auf die Schlüsselbeine. Ich küsste die feuchte Stelle zwischen ihren Brüsten. Ich küsste sie um den Bauchnabel herum und an jedem Bein entlang bis zu den Zehen. Alles war ganz still und einfach der Wahnsinn.

Das wird jetzt eigentlich langsam zu persönlich, um es auch nur aufzuschreiben, aber ich hatte das vorher noch nie gemacht, sodass ich großen Nachholbedarf hatte. Einmal stieß Sophie einen kleinen Schrei aus –

es war der intimste Laut, den ich je gehört hatte. Ich legte den Arm um sie, um ihr zu zeigen, dass sie keine Angst zu haben brauchte. Und küsste sie weiter.

Ich konnte nicht fassen, dass das geschah. Ich fühlte mich wie ein Astronaut im Weltraum. Alles spielte sich an diesem unglaublich ruhigen, vollkommenen Ort ab, weit weg von der Erde, und alles geschah ganz langsam. Und genau wie Astronauten, die über Planeten schweben, waren Sophie und ich von strahlend blauweißem Licht umgeben.

Ich sagte: »Ich liebe dich, Sophie.«

Und da brach sie in Tränen aus.

Zuerst dachte ich, dass sie vielleicht so glücklich darüber war, endlich mit mir zusammen zu sein, dass sie weinen musste. Aber die Tränen liefen weiter und bald zuckte ihr ganzer Körper vor lauter Schluchzern. Ich hatte wirklich Angst. Hatte ich etwas falsch gemacht?

»Tut mir Leid«, sagte ich. »Ist schon gut.«

»Nein«, sagte Sophie. Sie wischte sich mit dem Handrücken über die Augen. »Lass es uns jetzt tun, Jonah. Bitte, ja?«

Sie legte ihren Kopf wieder aufs Kissen und drückte mir fest die Hand. »Bitte. Ich liebe dich«, flüsterte sie. Aber gleichzeitig fing sie wieder an zu weinen.

Ich hatte nicht den leisesten Schimmer, wie ich mit dieser Situation umgehen sollte. Ich meine, da lag Sophie, nackt, und bat mich, etwas zu tun, was ich mit ihr tun wollte, seit ich sie das erste Mal gesehen hatte.

Aber wie sollte ich das machen, solange ihr dicke Tränen über die Wangen liefen und ihr Bauch sich unter den riesigen Schluchzern zusammenkrampfte?

»Sophie«, sagte ich. »Es ist alles in Ordnung. Du bist in Sicherheit.«

Da fing sie noch mehr an zu weinen. Ich rieb meine Wange an ihrer.

»Weiter«, sagte sie. »Jonah. Bitte.«

Ich schob ihr das Haar aus dem Gesicht. »Sophie, ich kann nicht«, sagte ich. »Nicht, solange du weinst.«

»Ich weine eben, bevor ich es mache«, sagte sie. »Da bin ich komisch. Kümmer dich einfach nicht darum.«

Das klang nicht gut. Sie hatte mir doch am Telefon gesagt, dass sie es noch nie mit jemandem gemacht hatte. Dass sie auf mich gewartet hatte. War das eine Lüge gewesen? Oder log sie jetzt? Plötzlich bekam ich ein bisschen Angst vor Sophie. Sie hatte etwas total Wildes an sich, etwas Unkontrolliertes. Sie ist wirklich schwer zu fassen.

»Ich kann nicht, wenn du weiter so weinst«, sagte ich. »Ich will das nicht.«

»Bitte, Jonah«, flüsterte sie. »Stell dir einfach vor, ich würde nicht weinen. Lass deine Fantasie spielen.«

Sie zog mich wieder an sich. »Bitte«, sagte sie.

Ich entzog mich ihr. »Nein.«

»Verdammt noch mal«, sagte sie und trampelte mit den Füßen auf die Laken wie ein Seehund, der mit den Flossen schlägt. »Stell dich doch nicht so an.«

»Sophie«, sagte ich, setzte die Füße auf den Boden und nahm ihren Kopf in meine Arme. »Was hast du denn?«

»Nichts. Ich möchte nicht darüber reden.«

»Es ist alles in Ordnung«, sagte ich. »Du bist hier sicher. Wir können die ganze Nacht hier bleiben und reden. Ich würde lieber mit dir reden als... du weißt schon... es jetzt machen.«

»Du würdest lieber reden? Mein Gott, Jonah, du bist ja noch verrückter als ich!«, rief sie. Sie klang genervt, total sauer auf mich.

»Ich möchte nur wissen, was du hast«, sagte ich. »Ich höre dir gerne zu.«

»Ich möchte aber nicht darüber reden«, sagte sie. »Okay?«

»Aber das ist kein Problem«, sagte ich. »Du weißt doch, dass ich dich liebe.«

»Halt den Mund«, sagte sie und sprang auf. »Ich hab doch gesagt, ich möchte nicht darüber reden! Meine Güte, warum muss immer alles auf ein dämliches großes Gespräch rauslaufen?«

»Na gut. Wir müssen nicht reden«, sagte ich. »Wie auch immer. Ich wollte nur sagen, ich höre gerne zu, falls du reden möchtest oder so.«

»Ja, klar«, sagte sie und schüttelte den Kopf. »Wow. Mister Sensibel persönlich!«

Das fand ich echt fies. »Ich weiß nicht, ob ich sensibel bin, aber ich höre dir gerne zu. Ich mach mir Sorgen um dich. Und wenn du weinst, fühle ich mich nicht besonders wohl.« Meine Stimme versagte, und plötzlich hatte ich das Gefühl, als entglitte mir alles. Ich wusste nicht, was als Nächstes passieren würde.

»Tut mir Leid, wenn ich dich verletzt habe«, sagte Sophie.

»Um mich geht es hier nicht.«

»Ich hab doch gesagt, es ist nichts. Nur so eine komische Reaktion von mir«, sagte sie.

»Aber du weinst so heftig«, wandte ich ein.

»Ich werde das jetzt nicht alles vor dir ausbreiten, Jonah«, sagte Sophie. »Als ob du oder irgendjemand das je begreifen könnte.« Sie streifte sich das Kleid über die Schultern. »Ich muss ja völlig bescheuert gewesen sein.«

»Warte«, sagte ich. »Was machst du da?«

»Vergiss es«, sagte sie. »Tu einfach so, als wäre ich nie hier gewesen, ja? Das ist mein Rat an dich, okay?«

Sie schlüpfte in ihre Sandalen, nahm BH und Slip in die Hand und ging zur Tür.

»Warte«, sagte ich. »Bitte, Sophie. Es tut mir Leid.«

»Lass mich in Ruhe.«

Ich stand auf und nahm ihre Hand. »Bitte warte«, sagte ich. »Bitte. Sophie.«

»Wenn du mich jetzt nicht loslässt, fange ich an zu schreien«, sagte sie und starrte mich an, als wäre ich ein Fremder, den sie noch nie gesehen hatte.

»Sophie, ich verstehe dich nicht«, sagte ich.

»Das stimmt. Du verstehst nichts. Und jetzt lass mich los, ja?«

Je länger ich sie ansah, desto mehr wurde sie zur Fremden. Ihr Gesicht war vor Wut ganz verzerrt, ihre Wangen waren rot und in ihren Augen brannte diese kalte Flamme.

Ich konnte nichts tun, als sie loszulassen.

Ich setzte mich auf den Bettrand und lauschte ihren Schritten auf dem Flur. Dann ging ich zum Fenster. Einen Moment später sah ich sie über den Parkplatz laufen, immer noch den BH in der Hand.

(Immer noch 29. Dezember, 8:30 Uhr)

Ich habe jetzt zwei Stunden im Restaurant gesessen und das alles aufgeschrieben. Also eigentlich habe ich nicht die ganze Zeit geschrieben. Ich habe immer wieder Pause gemacht und Löcher in die Luft gestarrt und darüber nachgedacht, was passiert ist. Ich verstehe überhaupt nichts mehr.

Und dann...?! Gerade als ich den letzten Absatz der letzten Eintragung beendet hatte, fragte dieser Hoteltyp mich, ob ich Mr Jonah Black wäre, und ich sagte Ja und hatte Angst, er wäre vielleicht vom Sicherheitsdienst oder so und würde mich ins Gefängnis werfen. Aber stattdessen sagte er nur: »Ich habe einen Umschlag für Sie.« Ich folgte ihm zur Rezeption und da lag er – ein fetter weißer Umschlag.

Ich war total aufgeregt, weil ich dachte, er wäre von

Sophie, und sie würde mir erklären, was letzte Nacht los war. Auf dem Umschlag stand mein Name in einer Handschrift, die ich nicht kannte.

Ich öffnete ihn und fand einen Zettel.

VIEL GLÜCK MIT SOPHIE, JONAH. DENK DRAN, DASS AUCH ICH DICH IMMER LIEBEN WERDE. – NORTHGIRL.

PS: ICH WEISS, DASS DU KEIN GELD MEHR HAST: HIER EIN BISSCHEN BARES.

Fünf neue Hunderter waren mit einer Büroklammer an den Zettel geklammert.

Ich saß da, den Zettel in der Hand, und konnte es nicht fassen! Woher wusste Northgirl, dass ich hier war? Und kein Geld mehr hatte? Und wie hatte sie das Geld ins Hotel gebracht? War sie selbst da gewesen? Ich sah mir noch einmal die Schrift auf dem Umschlag an. Posies Handschrift war es nicht, und auch nicht die von Thorne oder Honey oder sonst wem, den ich kannte. War es Sophie? Das war wohl eher unwahrscheinlich, besonders nach letzter Nacht.

»Sir?«, sagte der Portier. »Wir haben auch noch zwei Telefonnachrichten für Sie.«

»Okay«, sagte ich. Er gab mir zwei rosa Zettel. Auf dem ersten stand: *Jonah. Hatte Glück an der UCF. Ich glaube, ich bin letzte Nacht der Studentenverbindung Deke beigetreten, aber ich weiß es nicht mehr genau. Ich hol dich heute um vier am Haupteingang ab. Thorne.*

Es gefiel mir, wie er schrieb, er sei wahrscheinlich

Deke beigetreten, aber er wisse es nicht mehr so genau. So was vergisst man ja wohl nicht.

Ich klappte den zweiten Zettel auf. Er war von Sophie. *Jonah, es tut mir Leid. Bitte verzeih mir. Können wir uns heute in Disney World treffen? Unter dem Torbogen von* Cinderellas Castle, *um elf Uhr? Ich verspreche, nicht zu weinen. Ich liebe dich. Sophie.*

Ich war wie gelähmt. Sie liebt mich.

Jetzt bin ich wieder in meinem Zimmer und packe. Dann also noch mal ab ins *Magic Kingdom.*

Hoffentlich läuft Posie mir nicht wieder über den Weg.

(Immer noch 29. Dezember, 12:30 Uhr)

Ich sitze an einem Tisch im *Diamond Horseshoe Jamboree*, so einer Wildwestmusikrevue, in der man zu Mittag isst, während alle um einen herum grölen und Cowboylieder singen.

Sophie war um elf nicht am Treffpunkt.

Ich habe heute Morgen ausgecheckt und meine Taschen an der Rezeption abgegeben. Dann hab ich einen Blumenstrauß in dem Geschenkladen gekauft und wieder den Shuttlebus genommen. Ich stand unter dem Bogen von Cinderellas dämlichem Schloss und wartete auf Sophie. Ich wartete fünfzehn Minuten, eine halbe Stunde, schließlich eine Dreiviertelstunde. Keine Sophie. Kurz vor Mittag hab ich die Blumen in den Müll geschmissen, restlos genervt. Dann bin ich in diesen Laden hier gestiefelt, um was zu trinken, und seitdem sitze ich hier. Ich weiß nicht, was ich tun soll.

Aber ich werde nicht aufgeben. Pops wäre sehr enttäuscht, wenn ich jetzt aufgeben würde. Thorne auch. Ganz zu schweigen von Posie. Schließlich hatte sie mit mir Schluss gemacht, damit ich frei für Sophie war. Ich schulde es Posie, Sophie ein für alle Mal aus meinem System zu kriegen.

Ich habe noch bis vier Uhr Zeit, sie zu treffen und herauszufinden, was Sache ist. Ich weiß noch nicht mal, ob ich sie finde. Aber ich habe das sichere Gefühl, wenn ja, verbrenne ich mir noch mal die Finger.

30. Dezember

Wieder zurück in Pompano.
Okay. Ich bin wieder in meinem Zimmer.
Ich hab einen gebrochenen Arm.
Da muss ich jetzt wohl erklären, warum.
Aber vorher muss ich wohl noch meinen Gips beschreiben. Er reicht von der Mitte meines Unterarms bis ungefähr zu meinen Fingern. Linker Arm.
Hat sogar jemand was draufgeschrieben. Mit rotem Leuchtstift.
Heirate mich, Jonah. Ich liebe dich bis in alle Ewigkeit.
In den letzten paar Tagen war echt viel los.
Ich kann wahrscheinlich nicht alles auf einmal schreiben, sodass es vielleicht ein bisschen unzusammenhängend wird.
Wo war ich? Ich glaube, ich hatte gerade das Restaurant verlassen und überlegt, was ich als Nächstes tun sollte. Ich musste noch drei Stunden rumbringen, bevor Thorne mich abholen würde. Ich hoffte, ich würde Sophie irgendwie treffen. Aber Disney World ist

so groß und so voll, dass das ziemlich unwahrscheinlich war.

Ich war echt niedergeschlagen. Die letzten drei Tage waren so komisch und traurig gewesen. Sollte ich mich trotz allem freuen, dass ich hergekommen war? Überall um mich herum schienen die Leute fröhlich zu sein: lachende Kinder, Eltern mit Babys, Händchen haltende Pärchen.

Na ja, jedenfalls stand ich am Eingang von *Fantasyland*, als ich plötzlich eine Hand auf meiner Schulter spürte.

Ich wirbelte herum. Es war Sophie.

Sie trug einen schwarzen Jeansminirock und ein rotes T-Shirt. Das Haar floss ihr über die Schultern. Sie roch nach süßem Schweiß. Nach Blumen und Schweiß.

»Hi, Jonah«, sagte sie.

»Hi«, sagte ich.

Sie legte die Arme um mich und umarmte mich heftig. »Es tut mir Leid«, murmelte sie in meine Brust. »Es tut mir wirklich Leid.«

Ich spürte, wie ich schmolz. »Ist schon gut«, sagte ich. »Ich habe bloß nicht verstanden, was passiert ist. Ich wollte dir helfen. Letzte Nacht.«

»Hasst du mich?«, fragte sie.

»Nein, natürlich hasse ich dich nicht. Ich möchte dir nur helfen. Ich…«

»Schsch«, sagte sie und legte mir einen Finger auf die Lippen. »Vergessen wir letzte Nacht, ja? Es tut mir

Leid, dass ich mich so blöd benommen habe. Wie soll ich dir das erklären? Du hast dich in ein merkwürdiges Mädchen verliebt.« Sie schlug die Augen nieder. »Ich meine, ich will damit nicht sagen, dass... Ich will nicht sagen, dass du wirklich... du weißt schon...«

»Aber es stimmt«, sagte ich. »Ich liebe dich.«

»Das solltest du nicht«, sagte Sophie. »Du kennst mich doch noch nicht einmal.«

»Ich möchte dich kennen lernen. Wenn du mich lässt.«

»Gut, Jonah«, sagte sie. »Aber lass es uns zuerst tun.«

Sie nahm meinen Arm und wir gingen durch das *Magic Kingdom*.

Ich hatte keine Ahnung, was sie damit sagen wollte. Wirklich das, wonach es sich anhörte? Sex in Disney World zu machen?

Irgendwie schaffte Sophie es, mein Hirn lahm zu legen. Inzwischen hätte mir wohl ziemlich klar sein müssen – nicht nur wegen der Nacht davor, sondern auch wegen der Art, wie sie jetzt mit mir redete – dass Sophie wirklich verrückt war. Aber es war, als stände ich unter einem Bann. Alles, was ich wollte, war, mit ihr zusammen zu sein. Es war mir egal, wie abgedreht sie war, oder vielleicht war es ja auch gerade dieses Abgedrehte, das mich überhaupt angezogen hatte.

»Ich kann nicht fassen, dass du hier bist«, sagte sie und nahm meine Hand. »Ich dachte, ich sehe dich nie wieder.«

Sie versuchte nicht, es auf der Stelle mit mir zu machen. Zuerst gingen wir ins *King Stefan's*, ein Restaurant in *Cinderella's Castle*. Ich hatte mal gehört, dass man dort unbedingt einen Tisch vorbestellen müsste. Und dann stellte sich heraus, dass Sophie für uns beide vorbestellt hatte.

»Woher wusstest du, dass du mich finden würdest?«, fragte ich.

»Ich wusste es nicht.«

Wir saßen an einem kleinen Tisch in einer Ecke des *King Stefan's*, aßen Cheeseburger und Pommes und tranken Cola. Eine Zeit lang redeten wir nicht miteinander, sondern saßen nur unbehaglich da. Ich hatte das Gefühl, mein Kopf würde platzen. Ich hatte Angst, es zu vermasseln, aber mir fiel absolut nichts ein, was ich hätte sagen können.

»Magst du Pommes, Jonah?«, fragte Sophie nach einer Weile.

»Ja, klar, ich liebe Pommes.« Dämlich, so was zu sagen.

»Ich hasse sie«, sagte sie, während sie ihre aß. »Zwiebelringe mag ich viel lieber.« Sie kicherte. »Hey, ich kannte mal einen Jungen, der hatte eine Brille aus Zwiebelringen.«

»Echt?« Es klang wie der Anfang eines Witzes, nur dass sie die zweite Hälfte nicht erzählte.

»Wann fährst du wieder nach Hause?«, fragte ich. Es hörte sich beinahe so an, als freute ich mich drauf.

»Heute«, sagte Sophie. Sie hatte ein Haar in den

Mund bekommen und angelte es mit dem kleinen Finger wieder raus. »Mein Flugzeug geht um sechs. Und du?«

»Ich muss vor vier wieder am Hotel sein. Thorne holt mich dort ab und dann fahren wir nach Hause.«

»Thorne«, sagte Sophie und grinste. »Weißt du, dass er mich einmal angerufen hat, um mir zu erzählen, was du für mich getan hast?«

»Ja«, sagte ich. In gewisser Hinsicht hatte ich diese Erfahrung Thorne zu verdanken. Er war derjenige gewesen, der zuerst mit Sophie Kontakt aufgenommen hatte.

»Er hält sich wohl für supersexy. Ich weiß nicht. Manchmal sind Jungs mir ein Rätsel.«

Ich nickte. »Mir auch. Eigentlich ist mir jeder Mensch ein Rätsel.«

»Es tut mir Leid, dass ich unser großes Date vermasselt habe«, sagte Sophie.

»Ist schon gut. Vielleicht war das Ganze von Anfang an total dumm«, sagte ich und schluckte schwer. Ich hatte das Gefühl, wir würden Schluss machen, obwohl wir noch gar nicht zusammen gewesen waren.

»Nein, sag das nicht«, sagte Sophie. Sie griff nach meiner Hand und hielt sie fest. »Es war nicht dumm. Es hat nicht genau so funktioniert, wie wir es uns vorgestellt haben, aber wir mussten es tun. Wir mussten uns treffen. Es ist so, als wären wir miteinander verbunden, Jonah. Als wären wir Zwillinge von verschiedenen Eltern oder so. Ich weiß nicht, ob ich dich je wieder sehen werde, aber ich weiß, dass mein Schicksal mit deinem verwoben ist. Es war nicht nur ein zufälliger Unfall, als du mich letztes Jahr gerettet hast. Du musstest es tun. Und ich sage dir was, Jonah Black. Eines Tages werde ich dir auch das Leben retten. Ich weiß noch nicht, wie oder was ich tun werde, aber eines Tages werde ich dir ein Opfer bringen, so wie du mir eins gebracht hast.«

Das war alles ziemlich heftig. Ich saß einfach nur da und hielt ihre Hand. Ich wollte ihr glauben, aber etwas in mir war sich nicht sicher, ob ich ihr überhaupt noch etwas glauben konnte. Und ich musste immer wieder auf diese halb aufgegessenen Pommes auf ihrem Teller gucken, an denen Lippenstift klebte. Als ich zum ersten Mal hinschaute, sah es nicht nach Lippenstift aus, sondern nach Blut.

(Immer noch 30. Dezember, später.)

Okay, ich musste aufhören und meiner armen Hand eine Pause gönnen.

Mehr von meinem Nachmittag mit Sophie im *Fantasyland* und wie es dazu kam, dass ich mir den Arm brach:

Wir verließen das *King Stefan's* und liefen Arm in Arm durch die Menge. Wir starrten die Leute in den langen Schlangen vor Cinderellas goldenem Karussell an, vor Schneewittchens unheimlichem Abenteuerland und vor den anderen Fahrgeschäften, die mit Pu der Bär und Dumbo, dem fliegenden Elefant, zu tun hatten. Mit Sophie durchs *Fantasyland* zu laufen, war viel aufregender, als irgendwo reinzugehen und eine Runde zu drehen. Ich hatte das Gefühl, mich in einem unglaublichen Traum zu befinden, aus dem wir beide jeden Moment aufwachen könnten, aber das geschah nicht.

Es war ein tolles Gefühl, wie perfekt ihre Taille in meinen Arm passte. Ab und an blieben wir stehen und küssten uns, und ich schloss die Augen und hörte sämtliche Geräusche von Disney World um mich herum, als kämen sie von einem anderen Stern.

»Das ist ja die reinste Folter«, sagte ich, als wir schließlich nach Luft schnappten.

»Wieso?«, fragte sie und sah mir in die Augen.

»Weil wir nur diesen einen Tag zusammen sein können und uns dann wieder trennen müssen. Ich hasse es.«

»Ich weiß«, sagte Sophie. »Aber es ist trotzdem schön.«

»Ja«, sagte ich. »Das stimmt.«

»Hey, Jonah, bist du eigentlich noch mit jemand anders zusammen?«

»Das fragst du mich im Ernst?« Ich dachte an Posie. Es war so merkwürdig – als ich sie auf der UCF-Party gesehen hatte, war es mir vorgekommen, als sei sie total unwirklich.

»Nein. Nicht wirklich.«

»Wie meinst du das?«

»Ich meine damit, dass ich vor ein paar Wochen mit jemandem Schluss gemacht habe.«

»Warum?«

Ich zuckte die Achseln. »Ich weiß nicht. Sie wusste das mit dir, wahrscheinlich deswegen.«

Sophie fiel die Kinnlade herunter. »Du hast wegen mir mit einer anderen Schluss gemacht?«

Ich nickte.

»Jonah«, sagte Sophie. »Das hättest du nicht tun sollen.«

»Warum nicht? Ich liebe dich doch, oder?«

»Ja«, sagte Sophie, sah auf ihre Füße und lächelte. »Das tust du.«

»Ich kann doch nicht mit jemand anders zusammen sein, wenn ich dich liebe«, sagte ich. Meine Stimme zitterte. Mir war irgendwie ganz komisch.

»Wow«, sagte Sophie und sah noch einmal zu mir hoch. »Du bist echt irre.« Sie strich mir mit den Fingern durchs Haar und küsste mich noch mal.

»Und was ist mit dir? Bist du mit jemand zusammen?«

»Ich weiß nicht«, sagte sie. »Du weißt ja, wie es so ist.«

Sie sah Richtung *It's a Small World*, als wir daran vorbeigingen. Am Eingang hingen lauter komische kleine Uhren, deren Zeiger sich drehten. Ich wollte Sophie fragen, was sie mit diesem »Du weißt doch, wie es so ist« gemeint hatte, aber sie griff nach meiner Hand und zog mich zum Eingang.

»Hey, lass uns da reingehen«, sagte sie. »Ich wette, wir können es da machen.«

»Sophie«, sagte ich. »Das ist doch nicht dein Ernst, oder?«

»Doch«, erwiderte sie. »Ich kenne einen, der mir erzählt hat, er hätte es in *It's a Small World* gemacht. Es gibt da eine Stelle, an der man aus dem Boot springen kann. Direkt hinter dem Eiffelturm.«

Von drinnen konnte ich dieses Lied hören, diesen schrecklichen Ohrwurm, den sie im *It's a Small World* immer wieder spielen. Ich war mir nicht sicher, ob ich während dieses Liedes Sex haben wollte. Ich war mir nicht sicher, ob ich überhaupt reingehen wollte, selbst wenn wir keinen Sex hatten.

»Nein«, sagte ich, aber Sophie lief schon zum Eingang und ich musste ihr folgen. Hier war keine lange Schlange. Wahrscheinlich aus gutem Grund.

Unser kleines Boot schipperte los. Ich kam mir vor wie in einem Irrenhaus, wo die Insassen aus allen Ecken der Welt kamen, alle winzig klein waren – und alle auf Heroin. Jede Menge kleine Puppen aus aller Herren Länder tanzten um uns herum und sangen diesen Song in ihrer Muttersprache. Es war zum Verrücktwerden.

Sophie zog mich an sich und küsste mich heftiger als je zuvor. »Jonah«, flüsterte sie. »Ich möchte es jetzt tun.«

»Jetzt?« Das gefiel mir überhaupt nicht, aber ich wollte sie auch nicht abwehren. Vielleicht würde es jetzt wirklich passieren, und vielleicht würde es besser werden, als ich zu hoffen wagte.

Sophie löste sich von mir und schaute sich um. »Hör mal«, sagte sie. »Sie singen französisch.«

Wir trieben ins *Gay Paree.* Vor uns stand der Eiffelturm, aber ich sah keine Möglichkeit, da hinzukommen. Wir konnten ja nicht einfach aus dem Boot springen. Wahrscheinlich haben die Disney-Leute das alles durchdacht. Ich meine, wenn die Leute aus dem Boot hüpfen und irgendwo Sex haben wollen, dann doch am wahrscheinlichsten in Frankreich, oder?

»Da kommen wir nicht hin«, sagte ich und war irgendwie erleichtert.

»Meine Güte«, sagte Sophie. »Wenn du es nicht in Paris machen kannst, wo denn sonst?«

Wir entfernten uns von Paris.

»Hey, Jonah, auf welches College gehst du?«, fragte Sophie.

»Ich weiß nicht. Das dauert doch noch ein Jahr. Ich bin doch noch in der Elften, du weißt doch.«

»Ja. Ich hab mich nur gerade gefragt, was du vorhast«, sagte sie. »Vielleicht könntest du dich ja da bewerben, wo ich dann bin, oder? Ich meine, dann könnten wir zusammen sein.«

»Was glaubst du, wo du sein wirst?«

»Ich weiß nicht. Ich bewerbe mich an verschiedenen Unis«, sagte sie.

»Meinst du, du gehst auf die UCF?«, fragte ich.

»Nein. Die Jungs da sind echt blöd«, sagte Sophie. »Einem musste ich sogar einen Aschenbecher ins Gesicht knallen.«

Ich sah genau vor mir, wie Sophie jemand mit einem Aschenbecher ins Gesicht schlug. Sie hatte wirklich was Erschreckendes an sich.

»Ich weiß nicht«, sagte sie. »Manchmal denke ich, das College macht Jungs einfach nur dümmer.«

In genau diesem Moment gingen alle Lichter in *It's a Small World* aus. Das Boot, in dem wir saßen, sank auf den Grund. Die Musik ging aus. Die Notbeleuchtung flackerte.

»Wow«, sagte Sophie. »Da hat einer einfach den Stecker rausgezogen?«

»Achtung, Achtung«, drang eine ruhige Stimme aus dem Lautsprecher. »Wir haben einen kleinen Stromausfall. Bitte bleiben Sie in Ihren Booten. Es geht gleich weiter.«

»Jonah«, sagte Sophie. »Das ist unsere Chance!«

»Unsere was?«

»Los, komm!«

Sie stand auf und sprang aus dem Boot auf eine kleine Erhöhung. In der Ferne konnte ich die schwachen Umrisse des Eiffelturms erkennen.

»Sophie«, sagte ich. »Komm zurück!«

»Los, Jonah«, sagte sie. »Das müssen wir nutzen.«

Wohl wissend, dass es falsch war, stand ich auf und folgte ihr.

Wir gingen zusammen durch die Straßen von Paris. Überall um uns herum waren französische Bäckereien und kleine Männerfiguren mit Spitzbärten und Halstüchern, die Wein tranken. Winzig kleine französische Mädchen in Seidenstrümpfen standen starr vor der Tür des *Moulin Rouge*. Wir gingen an einigen Gebäuden vorbei und standen bald unter dem Turm.

Sophie setzte sich hin und zog ihr Höschen aus. »Ich liebe dich«, flüsterte sie mir zu und zog mich runter auf die Knie.

Wir küssten uns und dann griff sie nach meinem Gürtel und öffnete ihn. »Jonah«, flüsterte sie. Ihre Augen waren geschlossen. Sie lehnte sich zurück und zog mich auf sich. »Jonah«, sagte sie noch einmal. »Ich liebe dich.«

In der Ferne hörte ich, wie die Leute in den Booten um Hilfe riefen.

Sophie setzte sich auf und zog sich das T-Shirt über den Kopf. Eine Sekunde später lag ihr BH unter dem Eiffelturm.

Ich zog mir auch das T-Shirt aus. Ihre Brust berührte meine.

»Das ist ja wirklich... wow«, flüsterte ich.

War wohl eher einer meiner dümmeren Sätze, aber das war mir egal.

»Daran werden wir uns noch unser ganzes Leben lang erinnern«, flüsterte Sophie zurück.

Sie hatte natürlich Recht. Also ich würde mich auf jeden Fall erinnern.

Ich hatte immer noch ein Kondom in meinem Portmonee. Es war eins, das ich gekauft hatte, um es mit Posie zu benutzen, aber dazu war es ja nicht gekommen. Ich fühlte mich ein bisschen mies, als ich an Posie dachte.

»Warte.« Sophie fischte das Kondom heraus. »Ich helfe dir.«

Sie riss die Packung auf. Ich starrte hoch an die Decke von *It's a Small World*. Von da, wo wir standen, sah es aus wie die Hinterbühne einer Highschool-Aula. Sophie drückte mir das verpackte Kondom in die Hand und küsste mich.

»Okay«, flüsterte sie. »Dann lass es uns jetzt tun.«

»Okay«, sagte ich.

Sophie legte sich auf den Rücken, die Arme über dem Kopf. Ich kniete mich neben sie.

»Jonah«, stöhnte sie. »Bitte.« Ihre Augen waren geschlossen.

Ich blieb eine Sekunde so, wie gelähmt. Die ganze Welt hallte von komischen, entfernten Geräuschen wider. Die Leute in den Booten riefen um Hilfe. Jugendliche heulten wie Gespenster. Kinder brüllten.

»Jonah«, sagte Sophie, und dieses Mal brach ihre Stimme. »Bitte.« Ich sah sie an. Tränen liefen ihr übers Gesicht.

»Sophie«, sagte ich. »Alles klar mit dir?«

»Jonah, verdammt noch mal«, sagte sie. »Tu es einfach. Bitte. Ich will es.«

Arme Sophie, dachte ich.

Und dann gingen alle Lichter wieder an und die Boote setzten sich in Bewegung. Die »Franzosen« fingen wieder an, den *It's a Small World*-Song zu singen.

Ich sah an mir herunter. Ich kniete auf einem Stück Sperrholz, ein blasses, nacktes Mädchen neben mir und wir waren in fluoreszierendes Licht getaucht. Sophie hatte einen purpurrot-gelben Fleck auf dem einen Bein, der mir vorher noch nicht aufgefallen war. Hinter dem Turm stand so eine Art Pumpe und die Maschinen fingen knirschend wieder an zu arbeiten.

Sehr romantisch war es nicht gerade.

Das Kondom in meiner Hand fühlte sich kalt und klamm an. Ich ließ es auf die Sperrholzplatte fallen. Ich konnte das nicht. Nicht so.

»Jonah«, flehte Sophie. »Bitte.«

Ich sah ihr in die traurigen Augen und wischte ihr mit dem Daumen eine Träne vom Gesicht.

»Tun wir es jetzt oder nicht?«, sagte Sophie ungeduldig.

Ich schüttelte den Kopf. »Ich glaube nicht.«

»Na super«, sagte sie und setzte sich auf. »Ich dachte, du liebst mich.«

Sie zog sich Unterwäsche und T-Shirt wieder an.

»Sophie«, sagte ich. »Warte.«

»Ach, zum Teufel mit dir«, sagte sie und lief dann einfach davon. Ich zog mich hastig wieder an und rannte hinter ihr her. Ich irrte durch die Straßen von Paris, konnte sie aber nicht finden. Dann sah ich die Boote voller Leute vor mir. Unser Boot konnte ich nicht mehr entdecken, aber das kam sicher daher, dass es inzwischen schon längst an Paris vorbeigedriftet war. Vor mir schmuste ein Pärchen. Ich sprang in ihr Boot.

»Hey«, sagte der Typ. Er war absolut gigantisch, größer als Sullivan, der Riese, größer als Lamar Jameson. »Was fällt dir ein?«

»Tut mir Leid«, sagte ich. »Ich hab mich verirrt.«

»Raus hier«, knurrte er. Er sah aus, als wollte er mich gleich fressen.

»Ach, Jeremy, lass ihn«, sagte das Mädchen. »Er hat doch gesagt, er hat sich verirrt.«

»Ich hab gesagt: raus hier«, wiederholte Jeremy. Er stand auf und fing an, mich zu schubsen, und einen Moment später fiel ich aus dem Boot und *platsch* in das *Small World*-Flüsschen. Ich muss wohl komisch aufgekommen sein oder so, denn eine Sekunde lang dachte ich, ich würde ertrinken. Ziemlich dämlich für einen Turmspringer. Ich ertrank nicht, aber als mein Kopf wieder aus dem Wasser auftauchte, kam ein zweites Boot auf mich zu. Ich war gerade lange genug über Wasser, um darin eine Truppe Mädels zu sehen, denen fast die Augen aus dem Kopf fielen, als sie mich erblickten.

Dann bretterten sie über mich drüber. Ich hörte die Mädchen kreischen und eine Art *Uff*, als ich wieder ins Wasser fiel. Dann wurde mir klar, dass dieser Laut aus meinem eigenen Mund gekommen war.

Ich wusste gleich, dass ich mir den Arm gebrochen hatte. Da gab es null Zweifel. Ich rappelte mich auf.

Ich stand bis zum Hals im Wasser, und da schipperte noch eins von diesen dämlichen Booten auf mich zu, schon wieder eins voll kreischender Mädchen.

Sie schlitterten direkt über mich drüber und quetschten mir den Arm noch mal. Ich fragte mich schon, ob ich auf diese Weise in *It's a Small World* sterben würde, von unzähligen Booten voller Mädchen überfahren.

Aber dann wurde die Anlage angehalten und die Lautsprecherstimme sagte: »Achtung – bitte bleiben Sie in Ihren Booten. Wir halten kurz an, um einem unserer Besucher zu helfen.«

Dann erschienen fünf riesige Kerle. Sie sahen aus wie Geheimagenten. Die Disney-Polizei.

»Okay, Freundchen«, sagte der Größte von ihnen. »Dann mal raus mit dir.«

(Immer noch 30. Dezember, 16:56 Uhr)

Viel mehr muss ich, glaube ich, nicht erzählen. Die Riesenkerle zogen mich aus dem Wasser. Sie waren reichlich wütend, bis sie merkten, dass mein Arm gebrochen war. Ich wurde durch ein paar unterirdische Tunnel zu einem Arzt in einer Spezialklinik irgendwo in Disney World geschleust. Er gipste meinen Arm ein. Ich glaube, ich bin unterwegs einmal ohnmächtig geworden, was mich nicht weiter überrascht, weil mein

Arm mich halb umbrachte und ich beinahe ertrunken wäre. Als ich aufwachte, saß ich mit einem Gipsarm in einem Armsessel der Disney-Klinik. Jemand hatte darauf geschrieben: »Heirate mich, Jonah. Ich werde dich immer lieben.«

»Wer war das?«, fragte ich die Krankenschwester.

»Ihre Freundin«, antwortete sie.

»Sophie?«, fragte ich und beschrieb sie.

Die Schwester schüttelte den Kopf. »Ich weiß nicht. Ich war nicht da, als das Mädchen reinkam.« Sie sah mich an, als sei ich ein ganz ausgekochtes Früchtchen. »Haben Sie ihr einen Heiratsantrag gemacht?«

Ich wusste nicht mehr so recht, was ich getan hatte, und sagte deshalb einfach: »Ja. Ich glaub schon.«

Die Schwester seufzte. »Das ist wirklich romantisch!« Dann sah sie mich ärgerlich an, aber auf eine mütterliche Art. »Natürlich hätten Sie niemals das Boot verlassen dürfen«, sagte sie. »Sie haben sich wirklich in Gefahr gebracht, Mr Black. Sie hätten sich ernsthaft verletzen können!«

»Ich habe mich ernsthaft verletzt«, sagte ich.

»Eben«, sagte die Schwester, als sei sie stolz darauf, das Offensichtliche konstatiert zu haben.

»Wie viel Uhr ist es?«, fragte ich.

»Viertel nach drei.«

»Darf ich jetzt gehen?«

»Ja, natürlich.«

Sie brachte mich raus, und etwa eine halbe Stunde später wartete ich vor dem Porpoise Hotel auf Thorne, der zum ersten Mal in seinem Leben nicht zu spät kam. Er brauste in seinem Beetle heran und hupte. Als er meinen Gips sah, lachte er.

»Guter Junge«, sagte er. »Ich wusste, dass du sie flachlegen würdest.«

»Tja, da kannste mal sehen.«

»Aber, Mann, musstest du dir dabei gleich den Arm brechen?«

»Klar.« Ich fragte mich, ob ich ihm erzählen sollte, was wirklich passiert war.

»Mann«, sagte Thorne und schüttelte den Kopf. »Bei dir kommt ja wirklich immer eins zum anderen.«

»Ist aber kein schlimmer Bruch«, sagte ich. »Sie haben gesagt, der Gips käme in einem Monat runter.«

Er stellte das Radio an. »Meinst du, du behältst eine Narbe?«

»Ich glaub nicht«, sagte ich.

»Oh, schade.« Er warf einen Blick auf den Gips. »Steht da etwa ›*Heirate mich*‹?«

Ich nickte. »Ja, das steht da.«

Thorne stöhnte. »Ich dachte, du hättest sie flachgelegt.«

Ich spürte, wie ich rot wurde. »Das hatte ich auch vor«, sagte ich. »Aber sie ist irgendwie ausgeflippt.«

Er klopfte mir auf die Schulter. »Keine Sorge. Sie wird darüber hinwegkommen.«

»Ich habe nicht das Gefühl, dass ich sie jetzt irgendwie besser kenne«, sagte ich niedergeschlagen. »Der ganze Trip war umsonst.«

»Hm«, sagte Thorne. »Das würde ich so nicht sagen. Ich habe jedenfalls das Beste draus gemacht.«

Ich antwortete nicht. Plötzlich konnte ich es nicht erwarten, nach Hause zu kommen. Thorne fuhr auf den Highway und beschleunigte auf 120. Er sah mich an. »Also, wie hast du dir den Arm wirklich gebrochen?«, fragte er. »Erzählst du es mir oder was?«

Also schilderte ich ihm auf dem Rückweg die ganze elende Geschichte. Thorne lachte und lachte, als wäre das alles wahnsinnig komisch.

»Die Kleine hat wohl zu viele Schoko-Crispies gegessen«, sagte er. »Auf welches College will sie denn?«

»Ich weiß nicht. Sie hat gesagt, sie hat sich an der UCF umgesehen, während sie da war«, sagte ich.

»Aha? Ich bin überrascht, dass sie auch nur an die UCF gedacht hat«, sagte er. »Ich meine, die Mädchen da sind ja noch verrückter als sie. An unserem ersten Abend war ich auch auf einer Party und das war total irre. Also wirklich. Ich habe mit jedem Mädchen, das da war, geflirtet, und sie waren alle scharf. Dann hat mich eine von ihnen in ein Hinterzimmer geschleppt und mich voll angemacht, und ich dachte schon: *Heißa*, aber kurz bevor wir dann wirklich zur Sache kamen – rate mal, was da passiert ist? Miss Universität von Central Florida fängt an zu weinen! Das hat mich so angeödet, dass ich ihr einfach ein paar Kleenex in die Hand gedrückt und gesagt habe: *Komm schon, Barbie, lass uns Party machen.* Und da hat sie mir doch glatt eins mit dem Aschenbecher übergezogen. Ich hab echt Glück gehabt, dass ich kein blaues Auge gekriegt hab. Nach alldem kann ich nur sagen, dass Collegegirls ein bisschen durchgeknallt sind, Kumpel.«

Hatte Sophie nicht erzählt, sie hätte einen Kerl an der UCF getroffen, den sie mit einem Aschenbecher schlagen musste? Aber Sophie würde doch nicht solche Typen wie Thorne auf einer Studentenparty aufsammeln, oder? Ich meine, auf Studentenpartys schlagen Mädchen Jungs wahrscheinlich die ganze Zeit mit Aschenbechern.

Es war doch wohl nicht Sophie gewesen, mit der er beinahe geschlafen hatte, oder? Oder? Und wenn sie auf der Party gewesen war, frage ich mich, warum, wo sie doch eigentlich hätte zu mir kommen sollen.

Ich saß lange Zeit da und versuchte den Mut aufzubringen, Thorne zu fragen, wie das Mädchen aussah, das ihn mit dem Aschenbecher geschlagen hatte. Aber dann habe ich es doch nicht getan, weil ich es gar nicht mehr wissen wollte.

Ich weiß auch gar nicht, was es mir gebracht hätte, wenn er sie beschrieben hätte. Immer wenn ich an Sophie denke, sehe ich nur noch diesen verrückten, zornigen Ausdruck in ihrem Gesicht. Es macht mich traurig, dass sie auch nur so schauen kann.

31. Dezember, mittags.

Mom ist beim Radio und legt ein paar von ihren Sendungen neu auf, sodass sie als *Best of Judith Black* laufen können: Sie will nächste Woche freihaben. Sie denkt, ich hätte mir den Arm gebrochen, als ich mir an der UCF ein Footballspiel angeguckt habe. Ich hab ihr gesagt, ich wäre von der Tribüne gepurzelt, als ein Spieler von der UCF-Mannschaft einen Touchdown landete. Sie lächelte, als sie sah, was auf meinem Gips stand. »Du wirst im College so viele neue Freunde gewinnen!«, sagte sie gut gelaunt.

Also sind jetzt nur Honey und ich in unserer »Heimstätte« verblieben. Vorhin haben wir am Küchentisch gesessen. Honey hat eine Tasse Kaffee nach der anderen getrunken. Sie versucht mit dem Rauchen aufzuhören und will stattdessen koffeinabhängig werden.

Ich beschloss, Honey absolut alles zu erzählen, was passiert war, als ich in Orlando gewesen war. Sie würde es ja sowieso herausfinden. Ich wünschte hinterher allerdings, ich hätte es nicht getan: Es gefiel mir nicht sonderlich, was sie dazu zu sagen hatte.

»Willst du wissen, was ich denke, Leberwurst?«, fragte sie.

»Ich bin sicher, du sagst es mir sowieso.«

»Ich denke, deine Sophie ist total durchgedreht.«

»Wirklich?«

»Da bin ich mir sicher. Sie bricht jedes Mal kurz vorm Zieleinlauf in Tränen aus. Was soll das sonst bedeuten?«

»Ich weiß nicht. Aber es ist wirklich komisch«, musste ich zugeben.

»Das ist mehr als komisch, großer Bruder. Es ist bescheuert. An deiner Stelle wäre ich froh, sie aus meinem System zu haben«, meinte Honey.

Darüber dachte ich eine Weile nach, während sie sich noch mehr Instantkaffee machte. Sie schüttete das Pulver in ein Glas und goss heißes Wasser drüber.

»Oh nein«, sagte sie und sah mich an. Sie nahm einen Bleistift in die Hand und klopfte mit dem Radiergummiende auf den Tisch. »Immer noch nicht.«

»Immer noch nicht – was?«

»Du bist immer noch nicht über sie hinweg.«

Ich seufzte. »Ich weiß nicht, was ich bin.«

»Ach, du kleiner Idiot«, sagte sie. »Du bist noch verliebter als vorher, oder?«

Ich zuckte wieder die Achseln.

Sie schnippte vor meinen Augen mit den Fingern. »Wach auf, Träumerchen. Du musst über dieses Mädchen hinwegkommen. Begreifst du nicht, dass sie total irre ist?«

»Sie ist nicht total irre. Sie braucht nur jemanden, der ihr zuhört«, sagte ich.

»Ja, zum Beispiel einen verdammten Psychiater.«

Ich zuckte die Achseln. Soweit es mich betraf, war unsere Unterhaltung beendet.

»Jonah.« Honey nahm meine Hand und drückte sie. »Es macht dir doch nichts aus, wenn ich dich Jonah nenne, oder?«

»Ist okay, wenn du dafür meine Hand loslässt.«

Sie ließ meine Hand nicht los. »Ich versuche dir etwas zu sagen. Deshalb halte ich deine kleine Hand, damit du mir auch gut zuhörst. Hörst du mir zu?«

Ich nickte. Honey drückte meine Hand noch fester. Es tat weh. »Dieses Mädchen da aus Maine, ja?«

Sie kam ganz nah an mein Ohr heran, als wollte sie flüstern. Aber dann brüllte sie, so laut sie konnte: »Sie ist ein verdammter Psychofall!!!«

»Au«, sagte ich.

»Hey, hallo! Es könnte ja nicht klarer sein, wenn sie ein Schild trüge, auf dem ICH BIN EIN WANDELNDER PSYCHOFALL stünde. Ich meine, irgendwie überredet sie dich, es mit dir in *It's a Small World* zu machen. Wahrscheinlich so eine krankhafte Fantasie, die sie schon ihr ganzes Leben lang gehabt hat – Sex bei diesem Song zu haben. Dann fängt Miss Abgedreht an zu brüllen und verschwindet und du bleibst mitten in ›Paris‹ zurück und brichst dir den Arm. Dann schreibt sie, während du ohnmächtig bist, auf deinen Gips, dass du sie heiraten sollst. Bloß um dann wieder abzuhauen. Mann, willst du meinen Rat? GEH NICHT NUR WEG, RENN WEG!!!«

Sie ließ meine Hand los. »Ich hoffe, das war nicht zu subtil.«

Ich rieb mir die Hand. Sie tat ein bisschen weh. »Ich weiß, dass sie irgendwie komisch ist«, sagte ich. »Aber sie hat auch noch was gesagt. Sie sagte, sie würde mir etwas schulden – unser Schicksal hinge irgendwie zusammen, und weil ich ihr letztes Jahr diesen großen Gefallen getan habe, würde sie mir auch eines Tages einen großen Gefallen tun.«

»Androkles und der Löwe«, sagte Honey.

»Was?«

»Androkles und der Löwe«, wiederholte sie. »Eine Fabel von Aesop. Kennst sogar du, Sturkopf: Löwe hat einen Dorn in der Tatze, Typ rettet ihn, Typ kommt ins Kolosseum, und Löwe beschließt, ihn nicht zu fressen. Ein Klassiker.«

»Sophie ist kein Löwe«, sagte ich.

»Vielleicht ja nicht, aber sie ist auch nicht nur ›irgendwie komisch‹. Ich sage dir, du Würstchen, sie ist echt krank. Vergiss sie«, riet mir Honey. »Auch wenn euer Schicksal zusammenhängt oder was. Zur Hölle mit ihr. Es gibt jede Menge Mädchen, in deren Schicksal du dich einklinken kannst. Die ganze Welt ist voll davon.«

»Ich weiß nicht. Ich schätze, ich bin irgendwie von ihr besessen oder so«, sagte ich.

»Natürlich bist du von ihr besessen. Das ist ja genau das, was sie will, Schweinekotelett! Die Story kenne ich: Das ist genau das, was diese kleinen Psychotanten wollen – dass du die ganze Zeit an sie denkst. Sie will gar keinen Sex: Sie führt die Leute direkt vor die Himmelspforte und dann fängt sie an zu heulen. Solange du über sie nachdenkst, kann sie dich weiter wie den letzten Dreck behandeln. Hör zu, Klemmo, wenn sie wirklich denken würde, dass ihr ein gemeinsames Schicksal habt, würde sie nicht dauernd abhauen. Sie zieht doch die totale Show ab! Und was ist damit, dass sie dir keine klare Antwort gegeben hat, als du sie gefragt hast, wie es mit anderen Jungs ist? Ich weiß, das ist hart, weil du ein kleines Weichei bist. Aber wenn du dieses Psychobabe nicht loslässt, wirst du nicht weit kommen. Und das wäre einfach zu dumm. Und weißt du auch, warum? Weil diese Sophie nur ein riesengroßer *FAKE* ist.«

Sie trank ihren Kaffee aus, stand auf, schüttete noch mehr Pulver ins Glas und hielt es unter das heiße Wasser. »Möchtest du ein bisschen Kaffee?«, fragte sie. »Solange ich noch auf bin?«

Ich saß nur da und schüttelte den Kopf. Das Schreckliche ist, dass ich ziemlich sicher bin, dass Honey Recht hat. So komme ich wirklich null weiter.

(Immer noch 31. Dezember, 15:35 Uhr)

Ich bin eben von einer Fahrradtour um Pompano zurückgekommen. Ich fuhr rüber zum Strand und stieg auf den Rettungsschwimmerturm. Irgendwie hoffte ich, dass Pops Berman da wäre, aber war er nicht. Ich radelte rüber zu den Niagara-Türmen und klingelte. Keine Antwort.

Langsam hab ich ein ungutes Gefühl wegen Pops.

(Immer noch 31. Dezember, später)

Hab gerade mit Thorne telefoniert. Es ist nämlich Silvester und ich habe nichts vor. Jeder macht heute sein eigenes Ding. Thorne geht zu irgend so einer Party bei Elanor Brubaker. Er hat mich auch eingeladen, aber ich habe Nein gesagt. Honey trifft sich mit Smacky Platte, der eine Art Rückfall hatte. Und Mom und Mr Bond – ich meine *Robere* – gehen zum Dinner in den *Lobster Pot*. Sie haben mich auch eingeladen, aber ich habe höflich abgesagt.

Also bin ich alleine. Ich fühle mich immer noch ziemlich furchtbar wegen Pops. Es kommt mir so vor, als hätte ich ihn im Stich gelassen.

Ich fühle mich auch furchtbar wegen mir selbst.

Den letzten Monat habe ich in einer Art blauen Dunst verbracht, als hätte ich in einer Fantasiewelt gelebt. Ich meine, es ist ja kein Fehler, seine Zeit damit zu verbringen, an ein Mädchen zu denken, besonders wenn man glaubt, man liebt sie. Aber Honey hat wirklich Recht mit Sophie. Sie war nicht ehrlich zu mir. Ich möchte ihr helfen, ich möchte ihr Freund sein, aber je mehr ich sie kennen lerne, desto weniger kenne ich sie wirklich. Und vielleicht will sie ja genau das.

Also liege ich jetzt hier und sehe zu, wie sich die Sonne in den Wolken spiegelt. Gerade habe ich das Fernrohr genommen und eine einsame einzelne Wolke beobachtet, die am Horizont entlangzog. Das hat mich sogar noch trauriger gemacht. Bis mir dann etwas ganz nahe Liegendes aufging, etwas, was ich sozusagen die ganze Zeit, in der ich der Wolke nachsah und ganz melancholisch wurde, direkt vor Augen gehabt hatte. Das Wichtigste ist nicht die dumme Wolke, sondern das Fernrohr, das Posie mir geschenkt hat. Posie, die mich wirklich liebt, nicht weil ich ihr einmal einen Gefallen getan habe, sondern weil sie mich kennt. Weil sie weiß, wer ich bin, und mich mein ganzes Leben lang geliebt hat.

Jetzt weiß ich, was ich heute Abend mache. Ich verbringe Silvester mit Posie.

(Immer noch 31. Dezember,
17:15 Uhr)

Nur dass Posie nicht zu Hause ist.
America online
Instant message von Northgirl999
31.12., 19:32 Uhr

Northgirl999: Hi Jonah!
JBlack94710: Hi Northgirl.
Northgirl999: Wie geht's?
JBlack94710: Ganz ehrlich? Schlecht. Ich glaube, ich habe einen großen Fehler gemacht.
Northgirl999: Tut mir Leid, dass du dir den Arm gebrochen hast.
JBlack94710: Das weißt du?
Northgirl999: Klar. Dummi. Was glaubst du, wer dir das auf den Gips geschrieben hat?
JBlack94710: Wie?
Northgirl999: »Heirate mich, Jonah. Ich werde dich immer lieben.«
JBlack94710: Moment mal, das warst du? Du hast mir auf den Gips geschrieben? Hey, Northgirl, das ist nicht fair. WER BIST DU?
Northgirl999: Ich weiß es, aber du musst es noch herausfinden.
JBlack94710: Aber wann finde ich es heraus?
Northgirl999: Willst du das wirklich wissen?

JBlack94710: Ja bitte.

Northgirl999: Wahrscheinlich nie.

JBlack94710: Mist. Ich dachte, Sophie hätte das geschrieben.

Northgirl999: Bist du verrückt? Sophie war schon wieder halb auf dem Weg nach Kanada oder woher sie kommt, bevor du auch nur aus *It's a Small World* raus warst.

JBlack94710: Das ist echt unheimlich. Als wärst du so eine Art Schutzengel oder so.

Northgirl999: Ja, ich kann mir vorstellen, dass du das unheimlich findest. Aber es ist nicht unmöglich, zu entdecken, wer ich bin. Ich bin jemand, dem du immer wieder über den Weg läufst. Aber du nimmst mich einfach nicht ernst. Das macht mich so unsichtbar, Schwachkopf. Einfach nur die Tatsache, dass du mich nicht sehen willst.

JBlack94710: Tut mir Leid, dass ich noch nicht draufgekommen bin. Schwörst du, dass du nicht Sophie bist? Posie? Honey? Mom? Thorne? Pops Berman?

Northgirl999: Pops wer?

JBlack94710: Ist egal.

Northgirl999: Ich bin keiner von denen.

JBlack94710: Dann bin ich ein Idiot.

Northgirl999: Das wird mir täglich klarer. Hey, ich hoffe, das Geld kam gut an.

JBlack94710: Hey, ja, das ja auch noch. Fünfhundert Mäuse? Woher hattest du fünfhundert Mäuse?

Northgirl999: »Hey, ja, das ja auch noch.«
JBlack94710: Wie soll ich mich bei dir bedanken? Was soll ich mit dir machen?
Northgirl999: Nimm mich ernst.
JBlack94710: Wie kann ich dich ernst nehmen?
Northgirl999: Indem du endlich kapierst, wer ich bin.
JBlack94710: Wie soll ich das machen?
Northgirl999: Na ja. Ich schätze, das ist wohl ein großes Geheimnis. Und – was machst du an Silvester?
JBlack94710: Ich weiß nicht. Ich wollte zu Posie, um ihr zu sagen, dass ich ein Idiot bin und dass es mir Leid tut, aber ich finde sie nicht. Bei den Hoffs ist keiner zu Hause.
Northgirl999: Ich wünschte, du würdest stattdessen Silvester mit mir feiern.
JBlack94710: Ich wünschte, du würdest mich lassen.
Northgirl999: Nein, nein. Zuerst musst du dich noch als würdig erweisen.
JBlack94710: WIE KANN ICH MICH ALS WÜRDIG ERWEISEN, WENN ICH NOCH NICHT MAL WEISS, WER DU BIST?
JBlack94710: HALLO?
[Northgirl ist offline gegangen.]

(Immer noch 31. Dezember, 22:35 Uhr)

Ich bin an Silvester allein zu Hause und fühle mich ziemlich mies. Ich muss zugeben, dass ich versucht habe, Sophie in Kennebunkport anzurufen, aber da ist auch keiner ans Telefon gegangen. Als ob alle, die ich auf dieser Welt kenne, einfach verschwunden wären.

Natürlich ist es eigentlich an ihr, mich anzurufen, nachdem sie mich in Disney World einfach stehen lassen hat, oder? Wenn sie mir eines Tages wirklich einen großen Gefallen tun will, könnte man annehmen, sie würde vielleicht damit anfangen, sich zu entschuldigen. »Hey, tut mir Leid, dass ich so ausgerastet bin.« Aber nein.

Ach ja. Vor einer Stunde hat Thorne angerufen. Er hat noch mal versucht, mich auf die St.-Winnifred-Party mitzuschleifen. Aber ich bin wirklich nicht in Stimmung dafür. Wahrscheinlich würde ich wieder diese Molly Beale treffen, und sie würde bestimmt sagen, ich hab nicht mehr alle Tassen im Schrank, weil ich sie auf der UCF-Party im Stich gelassen habe. Vielleicht hat sie ja auch Recht. Ich hätte Sophie vergessen und auf der Party bleiben sollen. Molly und ich könnten jetzt zusammen am Pool sitzen. Ich könnte ihr meine Sprünge zeigen. Aber ich bin mir nicht sicher, ob ich jetzt mit Molly zurechtkäme – sie ist ziemlich intensiv.

Kurz bevor wir auflegten, sagte Thorne: »Hey, Jonah. Gute Nachrichten. Ich habe mit meinem Dad geredet. Er freut sich echt, dass du nächsten Sommer auf der *Scrod* arbeitest.«

Frohes neues Jahr für mich. Ich glaube, ich gucke mir im Fernsehen an, wie die Kugel an der Säule auf dem Times Square runterwandert. Ein richtiger Loser.

1. Januar, mittags.

Dies muss einer der letzten Einträge in diesem Tagebuch werden. Nicht nur weil beinahe keine Seiten mehr übrig sind und weil ein neues Jahr angefangen hat, sondern vor allem wegen dem, was letzte Nacht passiert ist. Ich glaube, ich sollte einfach aufhören, mein Leben aufzuschreiben, wenn ich nicht als das ärmste Schwein, das jemals gelebt hat, in die Geschichte eingehen will.

Jetzt kommt's.

Ungefähr um dreiundzwanzig Uhr fünfundvierzig habe ich mich auf mein Fahrrad gesetzt und beschlossen, zum Teufel mit allem, ich mache jetzt eine lange Tour. Einfach ein bisschen rauskommen, in die Pedale treten.

Es war eine wunderschöne Nacht. Ich konnte so viele Sterne sehen. Den Orion, den Kleinen Hund und die Zwillinge. Über dem Griff des Großen Wagens zog der Bärenhüter an seiner Pfeife.

Thorne und ich waren als Kinder bei den Pfadfindern gewesen und hatten die Namen der Sternbilder mal bei einem winterlichen Lagerfeuerausflug gelernt. Mein Dad hat sie uns beigebracht. Ist übrigens eine meiner besseren Erinnerungen an Dad.

Jedenfalls fuhr ich die Route 1 runter, am Golfplatz vorbei und dann um den alten Baseballpark rum. Ich fuhr einhändig, wegen dem Gips. Ich dachte an die langen Sommertage, an denen wir im Park Baseball gespielt hatten. Ich stand im Außenfeld und sah zu, wie Posie über meinen Kopf hinweg Homeruns landete. Ich fuhr am Amphitheater vorbei und die 8. Straße runter, an den kleinen Häusern vorbei, die alle von blauem Fernsehlicht erleuchtet waren. Alles war sehr still, und ich dachte an all die Leute, die auf ihren Sofas saßen und zusahen, wie sich die Kugel am Times Square langsam senkte.

Dann radelte ich nach Norden, und da stand das Goodyear-Luftschiff in seiner Halle, angestrahlt von Spotlights. Ich hielt kurz an und warf einen Blick rein und plötzlich konnte ich nicht mehr aufhören zu lachen.

Ich meine, wenn irgendjemand da vorbeigekommen wäre, hätte er bestimmt gedacht: *Da steht ein Typ, der einen gebrochenen Arm hat und total durchgeknallt ist.* Aber ich konnte nicht anders, ich musste lachen. Es war dieses bescheuerte Luftschiff. Absolut dämlich. Nutzlos. Und plötzlich kam mir alles, was ich durchgemacht hatte – sogar mein Unfall in *It's a Small World*, nein, der ganz besonders – absolut zum Brüllen vor.

Dann fuhr ich wieder auf der Copans Road zurück zum Highway und schließlich rüber zum Meer. Ich kletterte noch einmal auf den Rettungsschwimmerturm und dachte, ich muss herausfinden, was mit Pops Berman ist. Ich brauchte jetzt wirklich seinen Rat.

Ich sah noch ein bisschen zu den Sternen hoch. In den Zwillingen entdeckte ich einen ganz großen strahlenden, von dem ich wusste, dass er einen speziellen Namen hatte, aber er fiel mir nicht mehr ein.

Und da wurde mir auf einmal klar, dass ich genau wusste, was Pops mir sagen würde, wenn er da wäre. Er würde sagen: »Lass deinen kleinen Freund zu seinem Recht kommen, Junge!« Da musste ich noch mehr lachen. Langsam werde ich wohl auch ein bisschen irre.

Dann schwang ich mich wieder aufs Rad und fuhr bis zur Lighthouse-Wohnanlage, und dann rüber zu den Hoffs. Da stand Posies Auto, und als ich auf die Auffahrt rollte, sah ich, wie sie aus ihrem Schlafzimmerfenster schaute, in den Sternenhimmel hinauf. Mich sah sie allerdings nicht, weil sie die ganze Zeit nur nach oben schaute. Ich war so froh über ihren Anblick, dass ich am liebsten laut nach ihr gerufen hätte.

Aber ich war irgendwie übermütig und albern und ging ums Haus herum, um durch die Hundeklappe zu kriechen und sie zu überraschen.

Ich erinnerte mich, wie wir da immer durchgekrochen waren, als wir klein waren und Posie einen Hund namens Pretzel hatte. Es kam mir vor, als wäre das schon eine Ewigkeit her.

Außer Posie war niemand im Haus – das wusste ich, weil es ganz dunkel und still war. Ich ging die Treppe hoch und meinte, ein leises Geräusch zu hören. Ich dachte, Posie würde vielleicht weinen. Ich hatte mit ihr Schluss gemacht und sie an Silvester alleine gelassen. Ich fühlte mich schrecklich. Aber ich würde das jetzt alles wieder gutmachen.

Ich öffnete die Tür und sah sie. Meine Posie. Meine wahre Liebe. Im Bett. Mit Lamar Jameson.

Eine Sekunde später steckte ich wieder in der Hundeklappe. Nur dass ich dieses Mal stecken blieb. Posie und Lamar würden jede Minute die Treppe runterkommen und mich anbrüllen und fragen, was ich da überhaupt tat, und ich fragte mich, welcher Teufel mich geritten hatte, auch auf dem Weg nach draußen die Hundeklappe zu nehmen, wenn ich genauso gut auch die dumme Haustür hätte benutzen können. Pretzel war kein sehr großer Hund gewesen und ich war ernsthaft eingekeilt.

Während ich versuchte, mich wieder herauszuwinden, dachte ich an Sophie, wie sie auf meinem Hotelbett lag und weinte. *Was für eine traurige Welt.* Voller Herzschmerz und was weiß ich noch alles.

Und dann war ich draußen. Ich setzte mich wieder auf mein Rad und sah noch einmal hoch zum Haus. Niemand kam hinter mir her. Niemand wusste auch nur, dass ich noch lebte.

So kam ich wieder nach Hause, zog mich aus und legte mich auf mein Bett. Da spürte ich was in meinem Nacken. Ich rollte herum und sah das Polaroidfoto, das ich vor Weihnachten von mir gemacht hatte. Mein letzter Tag als Jungfrau.

Ich hab mich seither kein bisschen verändert.

3. Januar

Okay, ich erzähle jetzt mal, was letzte Nacht passiert ist, nachdem ich im Bett lag.

Vertraute Töne: ein Boot draußen in der Kakaobutterbucht. Dann wurde der Motor abgeschaltet, das Boot am Pier vertäut und ich hörte Schritte auf dem Rasen. Es klopfte an meine Tür.

Ich drehte mich um.

»Na, Jonah«, sagte Posie. »Los, komm. Lass uns eine Runde drehen.«

Ich stand auf und schnappte mir auf dem Weg nach draußen noch das Teleskop.

Ich setzte mich neben Posie ins Cockpit. Sie schaute auf meinen gebrochenen Arm und las, was da stand: *Heirate mich, Jonah.* Sie schüttelte den Kopf und lachte. Dann warf sie den Motor an und wir fuhren los. Wir glitten lautlos durch die Kanäle, vorbei an schlafenden Häusern. Posie hatte ihren roten Bikini an, eine blaue Fleecejacke und die Mütze mit dem kleinen Schwertfisch verkehrt herum auf dem Kopf. Ich weiß nicht, wie oft Posie schon spätnachts mit ihrem Boot bei mir aufgekreuzt ist und gesagt hat: »Komm, Jonah, lass uns eine Runde drehen.« Auf jeden Fall sehr oft.

Wir sprachen nicht miteinander. Wir fuhren einfach in den Kanal Richtung Leuchtturm und dann aufs Meer.

Ich wollte ihr so vieles sagen. Zum Beispiel, dass Sophie nicht die war, die ich erhofft oder erwartet hatte, sondern eher wie eine Hexe, die sich in Spinnweben auflöste. Und dass ich Posie auf der UCF-Party gesehen, sie aber nicht begrüßt hatte, weil ich mich schämte. Und dass ich sie mit ihrer kleinen Schwester Caitlin in der Geisterbahn entdeckt hatte, wo sie so glücklich ausgesehen hatte. Und dass ich am Ende der Rundfahrt mein eigenes Spiegelbild gesehen und mich nicht mehr wieder erkannt hatte. Und schließlich, dass ich sie zusammen mit Lamar gesehen hatte.

Aber dann erzählte ich gar nichts von alledem. Ich saß einfach nur da, hörte den Motor tuckern und sah die Lichter am Ufer immer kleiner werden.

Auf einmal hatte ich einen großen Kloß im Hals, denn das letzte Mal, als wir so zusammen draußen auf dem Meer gewesen waren, da hatte das alles mit uns angefangen. Das war die Nacht gewesen, in der Posie und ich uns zum ersten Mal gesagt hatten, dass wir verliebt waren, und beinahe miteinander geschlafen hätten. Ich wünschte, ich hätte nicht mit ihr Schluss gemacht. Ich wünschte, ich hätte begriffen, wie perfekt sie zu mir passt.

Jedenfalls fuhren wir ungefähr einen Kilometer weit raus und das Meer war ganz ruhig und die Sterne strahlend hell. Posie stellte den Motor ab und wir trieben so dahin. Sie griff unter den Sitz und gab mir die Thermoskanne. Limonade. Sauer und süß in einem.

»Also, dann heiratest du jetzt, Jonah?«, fragte sie.

Ich zuckte die Achseln und schüttelte den Kopf. »Nein. Noch nicht.«

Sie nahm die Thermoskanne und trank einen Schluck. »Das Mädchen war eine Enttäuschung, hm?«

Ich sah zum Horizont. Weit in der Ferne waren Kreuzschiffe. Ich konnte Musik hören.

»Nicht direkt eine Enttäuschung. Nur nicht das, was ich erwartet hatte. Sie war irgendwie komisch«, sagte ich. »Als ob sie überhaupt nicht richtig da gewesen wäre. Sie ist mir dauernd entschlüpft oder so.«

Posie nickte. »Ah ja.«

»Was, meinst du, hat das zu bedeuten?«, fragte ich.

»Was das zu bedeuten hat? Ich weiß es nicht.« Sie strich mir mit der Hand über die Schulter. »Vielleicht möchte sie ja gar nicht von dir genommen, sondern nur gewollt werden.«

Nur Posie konnte es gelingen, mit einem einzigen Satz Klarheit in die ganze Angelegenheit zu bringen.

»Hm, ich will sie aber nicht, nicht mehr. Ich bin fertig mit ihr. Sie macht nur Probleme«, sagte ich.

Posie lachte laut. »Was du nicht sagst!«

»Wie bitte?«, fragte ich empört.

»Komm schon, Jonah, was glaubst du, mit wem du

hier redest? Du bist doch total verliebt. Hör dir doch mal selber zu. Mehr als je zuvor!«

»Ich bin nicht verliebt«, sagte ich. Ich trank noch mehr Limonade. »Ach, ich weiß nicht, vielleicht doch. Aber ich weiß, dass sie echt neben sich steht. Ich muss mich von ihr lösen. Weißt du, was sie getan hat? Jedes Mal wenn ich mit ihr schlafen wollte, fing sie an zu weinen.«

Posie blinzelte, als überraschte sie das wirklich. »Das ist merkwürdig«, sagte sie. »Das ist wirklich merkwürdig.«

»Ich muss jetzt wirklich einen Schlussstrich ziehen. Ich kann ihr nicht erlauben, weiter über mein Leben zu bestimmen. Ich muss wieder zurück zur Normalität«, sagte ich. Als wollte ich mir selbst gut zureden.

Posie trank noch mehr Limonade.

»Schätze, du hast das von Lamar und mir gehört.«

Ich nickte. Und wie ich das gehört hatte. Sogar gesehen.

Dann kam ein langes Schweigen. Ich bin an lange Schweigephasen zwischen Posie und mir nicht gewöhnt. Es war komisch.

»Dann seid ihr jetzt wohl richtig fest zusammen? Ich meine, du und Lamar?«

Posie nickte. »Er ist ziemlich klasse.«

Meine Schultern sackten nach vorn. Ich hätte am liebsten geweint.

Posie strich mir noch mal über die Schulter. »Armer Jonah«, sagte sie.

»Ach, ich bekomme doch nur, was ich verdiene«, sagte ich. »Ich bin so ein Idiot.«

»Nein, bist du nicht«, widersprach Posie. »Das bist du nicht. Und weißt du was, du bekommst nicht, was du verdient hast, Jonah. Du verdienst es, glücklich zu sein. Wirklich. Du bist ein toller Mensch. Du machst dir wirklich Gedanken um andere. Du kapierst Dinge, von denen die meisten Kerle noch nicht mal wissen, dass sie sie kapieren sollten.«

»Hab ich ein Glück.«

»Ja, du hast Glück. Und das richtige Mädchen, das eines Tages auftauchen wird, hat auch Glück.«

Ich schwieg wieder und sah noch einmal zu den Kreuzfahrtschiffen in der Ferne. Ich würde unheimlich gerne mal eine Kreuzfahrt mit Posie machen. Ich sehe sie vor mir, wie sie in ihrem roten Bikini Wasserski fährt und mir zuwinkt, während ich Cocktails trinke und sie vom Deck aus beobachte. Sophie stellt sich hinter mich und legt mir die Arme um die Taille.

»Mmm«, sagt sie. Wir sind so entspannt, wir müssen gar nichts sagen.

»Mmmm«, murmele ich und lege meine Wange an ihre. Ihre Haut ist warm und braun und riecht nach Kokosnuss. Wir sind schon ganz lange auf See.

»Jonah?«

Ich wandte mich wieder Posie zu.

»Ich nehme nicht an, dass du und Lamar vorhabt, demnächst wieder Schluss zu machen?«, sagte ich mit einem traurigen Lächeln.

Posie lächelte auch. »Tut mir Leid, Jonah. Du hast deine Entscheidung getroffen.«

»Ja, aber ich glaube, es war die falsche Entscheidung«, sagte ich düster.

Posie ließ den Motor an. »Komm«, sagte sie. »Lass uns nach Hause fahren.«

Sie düste wieder Richtung Leuchtturm, und als wir näher kamen, sah ich die ganzen blinkenden Lichter von Pompano. Es wirkte wie ein Ort, an den man nach Hause kommen wollte. Ich bin froh, dass ich hier wohne.

Ein bisschen später setzte Posie mich am Pier hinter unserem Haus ab und küsste mich. Es war ein sehr langer Kuss. Ein Freundschaftskuss oder ein Lebewohlkuss oder so. Jedenfalls kein Lass-es-uns-nochmal-versuchen-Kuss, sondern ein bisschen traurig.

»Danke für das Fernrohr, Posie«, sagte ich.

»Gerne. Man weiß ja nie«, sagte sie. »Kann ja sein, dass du irgendwann mal einen genauen Blick auf ein paar himmlische Gestalten werfen willst.«

»Schon geschehen«, sagte ich.

5. Januar

Jetzt habe ich fast keinen Platz mehr in diesem Tagebuch, aber diesen einen Eintrag muss ich noch machen.

Heute bin ich mit dem Rad zu dem kleinen CD-Laden am Highway gefahren. Ich lungerte ein bisschen im Laden rum und sah mir die CDs an und auch die Mädchen, die sich CDs ansahen. Ein Mädchen kam mir bekannt vor, obwohl ich sie zuerst gar nicht richtig sehen konnte. Immer wieder warf sie mir aus den Augenwinkeln Blicke zu. Hey, das ist cool, dachte ich. Aber ich wollte mich nicht an sie ranmachen, zu ihr rübergehen und irgendwas Blödes sagen, also drehte ich ihr einfach den Rücken zu und wühlte in den Funk-CDs. Alter Kram wie *Parliament* und so. Ich hoffte wohl, dass sie es cool finden würde, dass ich Funk mochte.

Aber als ich mich umdrehte, war sie weg.

Es machte mich fertig, dass ich mal wieder total falsch eingeschätzt hatte, was Mädchen so denken. Ich verließ den Laden, ohne etwas zu kaufen. Und in der Sekunde, als ich rausging, sah ich, wie ein riesenhafter Ford mein Fahrrad zermalmte. Zuerst kam ich mir vor wie in einem schlechten Film. Aber leider war es Realität.

Der Fahrer hielt nach ungefähr zwei Sekunden an. Er war vom Highway auf die 25. Straße abgebogen. Mein Fahrrad hatte wohl zu knapp an der Bordsteinkante gestanden, denn er erwischte noch den Hinterreifen mit dem Kotflügel, sodass es umfiel und er dann notgedrungen noch einmal ganz drüberbrettern musste. Der Ford blieb stehen und ich rannte rüber und wollte mir schon die Lunge aus dem Leib brüllen.

Aber der Fahrer des Wagens war kein Mann. Sondern das Mädchen aus dem CD-Laden. Und ich fragte mich plötzlich, ob sie mein Fahrrad überfahren hatte, damit sie mit mir ins Gespräch kommen konnte. Klar, es war abwegig, aber nicht total unmöglich. Ich konnte mir vorstellen, dass ich so was tun würde. Es war zumindest nichts jenseits von Gut und Böse.

Das Mädchen stand da und starrte auf mein Fahrrad, als ich auf sie zuging. Dann schaute sie mich an.

»Ist das dein Rad?«, fragte sie.

»Ja. War's zumindest mal.«

»Tut mir Leid.«

Ich wollte sie anbrüllen: »Guckst du eigentlich nie, wo du hinfährst? Bist du total verblödet?« Aber stattdessen starrte ich sie an, weil mir auf einmal klar wurde, dass ich sie kannte.

»Du bist Jonah Black, oder?«, fragte sie.

»Ja.«

»Ich bin Molly. Von der Party an der UCF. Du hast mich versetzt, weißt du noch?«

»Ich habe dich nicht versetzt«, sagte ich.

»Doch, das hast du. Wir wollten uns auf dieses Zebra-Sofa setzen und uns unterhalten. Eines unserer Themen war, wie du dich ja sicher erinnern wirst, ob Jungs voll doof sind oder nicht. Als was du dich an diesem Abend ja dann auch entpuppt hast, wie du mir sicher zustimmen wirst.«

Sie redete wie aufgezogen, nur dass sie jedes Wort, das sie von sich gab, auch wirklich ernst zu meinen schien. Ich wusste nicht, was ich von ihr halten sollte. Aber irgendwie war sie auch süß. Meine Augen wanderten zu ihrem Busen, und mir fiel wieder ein, was sie auf der Party gesagt hatte, von wegen auf ihren Busen starren. Ich wurde rot und sah hoch.

»Hast du deshalb mein Fahrrad platt gemacht?«, fragte ich.

»Warum? Weil du mich auf der Party sitzen gelassen hast?« Sie lachte lauf. »Ich wünschte, es wäre so. Das wäre stark gewesen.«

»Dann also nicht deshalb?«, fragte ich, immer noch ein bisschen misstrauisch.

»Nein. Ich hab Mist gebaut. Das tut mir Leid. Ich bin ehrlich gesagt eine miese Fahrerin. Ich brettere dauernd irgendwo drüber oder fahre irgendwo rein.« Sie zuckte die Achseln. »Soll ich dich jetzt mitnehmen?«

Also, da erzählt sie mir, sie sei eine miese Fahrerin und würde dauernd irgendwo reindonnern, und dann fragt sie mich doch glatt, ob sie mich mitnehmen könnte? Es hörte sich nicht gerade einladend an. Und trotzdem schienen sich plötzlich jede Menge Möglichkeiten aufzutun.

»Klar«, sagte ich und sagte ihr, wo wir wohnen.
»Willkommen an Bord«, sagte Molly.

Wir legten die Überreste meines Rades in den Kofferraum und sprangen dann vorne rein.

»Was hältst du von diesem Auto – findest du es den totalen Scheiß?«, fragte Molly und startete. Im Radio sang ein Mädchen – französisch. Molly stellte den Ton leiser.

»Hm, ich weiß nicht«, sagte ich. »Ich hätte nicht gedacht, dass du so eins fährst.«

»Es gehört meinem Vater«, erklärte Molly. »Und ja, es ist totaler Scheiß. Ein prima Geländewagen – aber ganz Florida ist asphaltiert. Gibt es irgendeinen Grund, ein Auto wie dieses zu besitzen oder zu fahren, außer man ist der totale Egomane? Nein, gibt es nicht.«

Molly hatte ihre Fahrkünste noch zu hoch eingestuft. Sie war einfach die allerschlimmste Fahrerin, die ich je kennen gelernt habe. Wir schlingerten die ganze Zeit wie wild herum und sie überfuhr eine rote Ampel. Ganz zu schweigen davon, dass sie ja gerade mein Fahrrad zermalmt hatte. In dem Moment war ich richtig froh, dass wir in einem Geländewagen saßen, sodass wir etwas geschützter wären, wenn wir das umnieten würden, was Molly als Nächstes umnieten würde.

»He, aus dem Weg!«, rief sie und wich einer Frau aus, die die Hand eines kleinen Kindes drückte. Das war an einem Zebrastreifen.

Molly fahren zu sehen, gibt mir das Gefühl, dass ich meine Führerscheinprüfung hätte bestehen müssen, auch wenn ich jemandem reingefahren bin. Ich habe das ja nicht mit Absicht gemacht. Ich meine, wenn jemand vor Mollys Auto entlanggehen würde, würde sie wahrscheinlich aus Versehen aufs Gas treten und ihn killen.

»Also, warum hast du mich bei der Party sitzen lassen, Jonah?«, fragte Molly. »Das war ja echt voll Panne.«

Voll Panne? Wer sagt denn so was?

Ich zuckte die Achseln. »Ich musste schnell weg.«

Molly bremste heftig. Alle Kassetten und CDs segelten von der hinteren Ablage auf den Rücksitz. Ich hatte Angst, dass sie schon wieder irgendwo drübergefahren war.

»Willst du aussteigen und nach Hause laufen?«, giftete sie mich an.

»Was?«, fragte ich.

»Lüg mich gefälligst nicht an, ja? Das hat mir zuerst an dir gefallen, dass du nicht so ein total verlogener Typ bist. Du kennst mich nicht und ich kenne dich nicht. Und das können wir auch so lassen, wenn du willst. Aber wenn wir Freunde werden sollen, müssen wir uns gegenseitig die Wahrheit sagen. In allem. Okay?«

Ich nickte und da fuhr sie weiter.

»Möchtest du das denn?«, fragte ich. »Dass wir Freunde werden?«

»Hmh, ich glaub schon. Unter der Voraussetzung, dass du nicht wieder Scheiße baust und es vermasselst«, sagte sie.

»Du hast nicht viele Freunde, oder?«, fragte ich. Das wurde mir in diesem Moment schlagartig klar.

»Ob ich viele Freunde habe? Interessante Frage, Jonah Black. Nein, habe ich nicht. Ich mache die meisten Leute verrückt. Warum, glaubst du, ist das so?«

Ich fing an zu lachen. Molly sah mich an und lachte auch.

»Weil du darauf fixiert bist, herauszufinden, ob die Dinge einfach nur der totale Scheiß sind oder nicht?«, fragte ich.

Molly nickte. »Ganz genau«, sagte sie. »Siehst du, ich wusste, dass wir uns verstehen würden.«

Ich entschied mich, sie zu mögen. Sie hat einen kleinen Knall, aber sie ist witzig. Sie ist ganz anders als alle Leute, die ich kenne. Auch wenn ich zugeben muss, dass sie mich irgendwie einschüchtert.

»Aber zuerst musst du mir sagen, warum du diese Party verlassen hast«, beharrte Molly. »Ich ging für kleine Mädchen und voilà – weg warst du.«

»Ich hatte jemanden gesehen, den ich kannte«, gab

ich zu. »Ich hab jemanden auf dieser Party gesehen, von dem ich nicht wollte, dass er mich sah.«

»Und wie heißt sie?«, fragte Molly.

»Posie«, sagte ich.

»Bist du verliebt in sie?«

»Ich weiß nicht.«

Molly sah mich an und zog eine Augenbraue hoch.

»Bitte brems nicht wieder so heftig, ja? Das ist die Wahrheit. Ich weiß nicht mehr, wie ich über sie denke. Ich wollte in dem Moment einfach nicht, dass sie mich sah.«

In diesem Moment erhaschte ich einen Blick auf den Ozean, wie die Sonne ihn in Silber tauchte, und plötzlich tauchte kristallklar – es war wie ein Blitz – der Abend von vor ein paar Monaten vor meinen Augen auf, als Posie und ich mit ihrem Boot rausgefahren waren, um uns die Ansammlung von phosphorisierenden Quallen anzuschauen. Posie hatte den Motor abgestellt und wir hatten einfach so auf dem Meer gedümpelt, hatten den Wellen und dem Wind zugehört und die Quallen beobachtet, die um uns herum im Wasser trieben.

»Du bist ein echter Tagträumer, was, Jonah Black?«, fragte Molly.

Ich war verlegen. »Woher weißt du das?«

»Hmh, gut geraten. Meinst du, wir können Freunde werden? Ein Mädchen, das vor allem möchte, dass die Leute die Wahrheit sagen, und ein Junge, der die meiste Zeit im Inneren seines Kopfes lebt?«

»Wer behauptet, dass ich die meiste Zeit im Inneren meines Kopfes lebe?«, fragte ich.

Molly grinste. »Spiel keine Spielchen mit mir. Ich kann dich lesen wie ein Lexikon.«

»Ich weiß nicht«, sagte ich.

»Hör auf, dauernd diesen Satz zu sagen, das wird langsam langweilig.«

»Aber ich weiß wirklich nicht, ob wir Freunde werden können«, sagte ich. »Du möchtest doch, dass ich immer die Wahrheit sage, oder? Das ist doch dein Motto, oder?«

»Ach, vergiss es«, antwortete sie. »Warum erfindest du nicht irgendwas Schönes? Erzähl mir, was ich hören will. Sei interessant.«

»Okay«, sagte ich. »Ja. Ich glaube, wir können Freunde werden.«

Molly lächelte glücklich. Mir fiel auf, dass ihre Eckzähne für ein Mädchen ziemlich lang waren.

»Gut«, sagte sie.

Wir kamen zu Hause an. Mom saß auf der Veranda und las die Post.

»Home sweet home«, trällerte Molly.

»Vielen Dank fürs Nachhausefahren«, sagte ich.

»Mh, na ja. Tut mir Leid wegen deinem Rad«, sagte sie. »Hey, ich mach dir einen Vorschlag: Lass uns den Nachmittag zusammen verbringen und ein bisschen rumfahren. Uns besser kennen lernen, ja? Ich bin eigentlich gar nicht so eine Hexe. Auch wenn ich eine miese Fahrerin bin.«

Mom sah zu uns her.

»Ja«, hörte ich mich antworten. »Gut. Ich will nur schnell meine Mutter begrüßen, ja?«

Molly lächelte. »Klar«, sagte sie. »Besprich du das mit deiner Mom. Ich werfe die platt gewalzten und verknäulten Überreste deines Rades auf den Rasen. Hört sich das nicht gut an?«

Ich sagte Ja und stieg aus dem Ford.

»Hi, Mom«, sagte ich. Molly öffnete den Kofferraum.

»Hi, Jonah«, sagte Mom. »Du hast Post.« Sie gab mir einen Brief.

Molly legte die Einzelteile des Rades in die Einfahrt.

»Wer ist deine kleine Freundin, Jonah?«, fragte Mom.

»Oh, Mom, das ist Molly.«

»Hallo, Molly«, sagte Mom und stand auf, um ihr die Hand zu geben. »Ich bin Judith Black.«

Ich warf einen Blick auf den Brief in meiner Hand. *Er war von Sophie.*

»Judith Black? Doch nicht die Judith Black aus dem Radio?«, fragte Molly.

»Genau die«, sagte Mom stolz.

»Ach du Schande«, sagte Molly und verzog das Gesicht.

»Wie meinst du das, Molly? Du klingst ja ganz erschrocken«, sagte Mom.

»Hm, Mrs Black, ich möchte wirklich nicht respektlos sein, weil Sie ja bestimmt hart gearbeitet haben, um dahin zu kommen, wo Sie jetzt sind. Aber es tut mir Leid, Ihre Radiosendung ist einfach der totale Quatsch.« Molly lächelte verlegen, als wäre es ihr wirklich sehr unangenehm, das sagen zu müssen. »Und Ihr Buch *Hallo Penis, Hallo... Dingsbums* steckt voller Falschinformationen. Sorry. Ich weiß, dass das ziemlich unhöflich klingen muss.«

Mom stand einfach nur da. Noch nie hatte jemand so mit ihr gesprochen. Verdammt, sie wurde ja noch nicht mal mehr mit »Mrs« angesprochen. Man nahm ihr den gefaketen Doktortitel einfach ab.

Ich riss den Brief von Sophie auf.

»Ich habe mich gefragt«, fuhr Molly fort, »und sagen Sie mir ruhig, wenn Sie meinen, dass mich das nichts angeht... Also ich möchte wirklich gerne wissen, ob Sie überhaupt eine psychologische Ausbildung haben. Ich meine, sind Sie staatlich geprüfte Sozialarbeiterin? Haben Sie einen Abschluss als Beraterin oder Therapeutin? Haben Sie je die menschliche Sexualität studiert? Wenn ja, überrascht es mich, wenn man bedenkt...«

»Bla, bla, bla«, sagte Mom und streckte die Hand aus, um deutlich zu machen, dass Molly jetzt aufhören sollte zu reden.

»Es tut mir Leid, aber ich hab jetzt gerade keine Lust auf das Ehrlichkeitsspiel. Okay?« Sie legte sich die Hand auf die Stirn, als würde sie Kopfschmerzen bekommen.

»Das Ehrlichkeitsspiel?«, fragte Molly. »So nennen

Sie das?« Sie schüttelte den Kopf. »Wissen Sie, ich glaube nicht, dass Ehrlichkeit ein Spiel ist. Ich finde es sehr merkwürdig, dass Sie das sagen, Mrs Black. Ich hoffe, es macht Ihnen nichts aus, dass ich so offen bin.«

»Bla, bla, bla«, wiederholte Mom.

»Okay«, sagte Molly. »Ist ja auch egal.« Sie ging wieder zu ihrem Auto zurück. »Ich warte im Auto, Jonah Black.«

Der Brief von Sophie war in dieser spinnwebartigen Handschrift verfasst, als hätte es sie eine Menge Energie gekostet, ihn zu schreiben.

Lieber Jonah,

du willst bestimmt nichts von mir hören, aber du bist der einzige Mensch auf der Welt, der mir helfen kann. Ich bin hier in Maggins, also in einer psychiatrischen Klinik. Mein Vater hat mich hier abgeladen, und man erlaubt mir nicht, irgendjemanden anzurufen oder zu schreiben. Meine Freundin Becky wird entlassen. Sie sagt, sie würde versuchen, den Brief an dich auf die Post zu bringen. Es tut mir Leid, dass ich so ätzend zu dir war, aber ich bin total verstört. Es tut mir Leid, es tut mir Leid, es tut mir Leid. Ich hätte dir alles erzählen sollen, aber ich hatte Angst, dass du mich nicht mehr mögen würdest, wenn du die Wahrheit wüsstest. Bitte komm und besuch mich, Jonah, ich bin total verzweifelt. Maggins liegt in Pennsylvania, ungefähr zwei

Kilometer von Masthead entfernt. Du hast mir einmal geholfen und jetzt brauche ich dich noch einmal. Ich weiß, ich habe gesagt, das nächste Mal würde ich dir einen Gefallen tun, aber jetzt sieht es so aus, als müsste ich dir zwei Gefallen tun, wenn ich die Chance bekomme. Bitte komm, Jonah. Ich liebe dich wirklich. Ich möchte mit dir zusammen sein. Vielleicht wird es nicht so hart für mich, wenn du herausfindest, wer ich wirklich bin. Ich habe nur keine Erfahrung mit Leuten, die mich wirklich kennen. Bitte komm, Jonah, du bist meine einzige Hoffnung.

*Alles Liebe,
deine Sophie*

Ich stand da in Moms Vordergarten und sah mir den Brief an. Ich konnte es nicht fassen – Sophie in Maggins! Sie musste mir nicht erst sagen, wo das war, jeder in Masthead kannte diesen Ort. Es war furchtbar da, man wurde da nur hingeschickt, wenn sie dachten, dass man nicht mehr so schnell rauskäme. Wir schauten immer in eine andere Richtung, wenn wir daran vorbeigingen. Es war ein großes altes Gebäude aus dem 19. Jahrhundert, das wie das Spukhaus in Disney World aussah. Schon die Fassade jagte mir Schauer über den Rücken.

Ich stellte mir vor, ich würde nach Pennsylvania zurückfliegen, einen langen Korridor in Maggins entlanggehen, an den die Zimmer mit den Gittern vor den

Fenstern grenzten, Zimmer, in denen lauter Mädchen weinten. Sophie streckt die Hand aus, um nach meinem Hemd zu fassen, und zieht mich zu sich heran. Sie gibt mir einen langen Kuss.

»Hol mich hier raus, Jonah«, sagt sie.

Dann dachte ich daran, was für einen Idioten Sophie in Disney World aus mir gemacht hatte. Ich hatte mir selbst das Versprechen gegeben, dass ich mich von ihr lösen würde. Dass ich nicht den Rest meines Lebens damit verbringen würde, ihr aus der Klemme zu helfen.

Aber das war gewesen, bevor ich wusste, in welchen Schwierigkeiten sie steckte oder wie verzweifelt sie war.

Ich stand – wie es schien – eine Ewigkeit da und versuchte zu entscheiden, was ich tun sollte.

Molly drückte auf die Hupe. Das Haar fiel ihr ins Gesicht.

»Hey, Jonah«, rief sie. »Kommst du?«

Wie geht es mit Jonah und Molly weiter?
Wird Jonah jemals herausfinden, wer Northgirl999 ist?
Wird Jonah Sophie helfen?

Du erfährst es in der nächsten Folge von Jonah Blacks intimen Bekenntnissen...

Herz ist Trumpf

Wie war das gleich noch mal mit dem Küssen?

Vierzehn und noch ungeküsst? Das muss sich schnellstens ändern, meint Georgia. Erst recht, da sie jetzt Robbie kennen gelernt hat, das wunderbarste männliche Wesen überhaupt. Wäre da nur nicht die grässliche Lindsay, die Robbie fest im Griff hat ...

»Dieses Buch könnte der Gesundheit schaden ... Es ist zum Totlachen«
Carousel

»Tränenlachend köstlich!«
Eselsohr

Außer Kussweite
Neue Bekenntnisse der
Georgia Nicolson
192 Seiten
OMNIBUS XL 25047

Frontalknutschen
Die Bekenntnisse der
Georgia Nicolson
192 Seiten
cbt 30008

Komm Knutschen!
Weitere Bekenntnisse der
Georgia Nicolson
192 Seiten
cbt 25082

Junge Bücher mit Format
www.omnibus-verlag.de

Der Taschenbuchverlag für Jugendliche
www.bertelsmann-jugendbuch.de

ROSIE RUSHTON
¡Friends!

**Fetzige Parties, heiße Flirts, nörgelnde Eltern –
vier quirlige Mädels halten zusammen wie Pech und Schwefel!**

Eine echt nervige Woche
cbt 25078

Eine Wahnsinnswoche
cbt 30022

Eine Woche, die alles verändert
OMNIBUS XL 25025

Eine Woche voller Action
cbt 30018

Eine Woche zum Verlieben
cbt 30019

cbt

Der Taschenbuchverlag für Jugendliche

www.bertelsmann-jugendbuch.de

Let's talk about Sex!

Nina Schindler
Nur mit Lust & Liebe!
176 Seiten
cbt 30024

Wird man schwanger, wenn man seinem Freund einen bläst? Wie kann ein Kondom platzen und woran erkennt man einen Orgasmus? Seltsam, dass alle Welt behauptet, sich super auszukennen, und auf unverblümt gestellte Fragen doch nur lauwarme Antworten parat hat. Wie das wirklich ist mit der Lust, der Liebe und dem eigenen Körper, bringen die Sex-Tipps für Girls auf den Punkt: Mit offenen Antworten auf das, was wirklich interessiert, und jeder Menge Tipps und nützlicher Adressen.

Der Taschenbuchverlag für Jugendliche
www.bertelsmann-jugendbuch.de